캐릭터 설교

캐릭터 설교

지은이 강장식
펴낸이 김명식
펴낸곳 (주)넥서스

초판 1쇄 인쇄 2012년 7월 15일
초판 1쇄 발행 2012년 7월 20일

출판신고 1992년 4월 3일 제311-2002-2호
121-840 서울시 마포구 서교동 394-2
Tel (02)330-5500 Fax (02)330-5555

ISBN 978-89-5994-277-0 03230

www.nexusbook.com
넥서스CROSS는 (주)넥서스의 기독 브랜드입니다.

강장식 지음

나는 다.전.설이다

다음세대　　전문　　설교자

요즈음 자기 정체성을 당당하게 표현하는 말들이 유행이다. 가수들은 '나가수'라 하고, 꼼수인 사람은 '나꼼수'라고 한다. 심지어 자신의 사생활까지 커밍아웃이란 이름으로 매스컴에서 당당하게 밝히는 세상이다. 그래서 유행처럼 '나가수'를 벤치마킹한 문구들이 속속 등장했다. 패러디 개그프로그램인 '나도 가수다'를 비롯해, 마트 청과물 코너에서는 '나는 친환경산이다', '나는 고구마다', '나는 고등어다', '나는 호박이다' 등 '나가수'를 흉내 낸 갖가지 패러디가 쏟아져 나오고 있다.

그런데 이런 '나는 ○○○다'로 시작되는 제목이 주는 가장 강력한 메시지는 무엇일까? 그것은 바로 이 시대 '정체성의 위기'를 말해 주고 있다. '나는 가수다'란 뜻은 가수다운 가수, 정말 노래 잘하는 가수가 드문 현실에서 '진정한 가수란 이런 것이다'라는 것을 보여 주는 말이기 때문이다. 무엇이든지 자기 정체성을 바르게 인식하는 것에서부터 모든 문제의 실마리는 풀리고 해답이 찾아지는 법이다. 하지만 정작 자기 정체성이 가장 분명해야 할 분야에서 정체성의 인식과 선언이 너무 미미한 것을 지적하지 않을 수 없다. 바로 '다음세대 설교자'들에게 찾아볼 수 있는 문제다.

한국교회 안에서 주일학교 사역을 해 보지 않은 소위 사역자(목사, 전도사, 혹은 평신도 사역자인 부장이나 교사들)들은 거의 없을 것이다. 그런데 모두가 해 보았거나 지금도 하고 있는 '다음세대 사역'의 전문가를 찾기가 너무 어려운 것이 오늘날 교회의 현실 아닐까?

자, 이 책을 뒤적이고 있거나 구입한 사람들은 분명 다음세대 설교에 관심 있는 열정적인 교사들이거나 주일날 설교를 준비해야 하는 사역자들일 것이다. 지금 이 책을 펴고 있는 당신에게 질문하고 싶다.

"당신은 '다음세대 전문 설교자'이십니까?"

이 질문은 당신을 누군가 그렇게 불러 주는 사람이 있느냐를 묻는 것이 아니다. 그저 스스로가 자기 정체성에 대해 "나는 다음세대 전문 설교자다"라고 인식할 수 있는가를 묻는 것이다. 당신의 대답은 무엇인가? 이 질문에 바로 그리고 아주 경쾌하게 "그렇습니다"라고 답하지 못한다면 당신은 다음세대 설교자로서 정체성의 위기를 겪고 있는지도 모른다. 그러나 설교를 향한 갈망함으로 이 책을 집었다면 또한 당신은 놀라운 다음세대 전문 설교자의 DNA를 소유한 '다전설'(다음세대 전문 설교자)일지 모른다. 이 책은 그런 다전설들을 위해 집필되었다.

한국교회의 위기론을 제기하는 사람이 많다. 특히 주 5일 전면시행으로 서구교회처럼 주일성수의 기본적 신앙 체계가 무너지고, 세속주의가 교회를 침몰시킬 것이라는 암담한 예측들이 난무하고 있다. 더욱 심각성을 더하는 보고들은 다음세대의 급감 현상에 대한 통계수치들이다. 이대로 가면 앞으로 30년 후에는 한국 기독교의 몰락을 볼지도 모른다.[1]

그런데 필자는 이러한 한국 기독교의 위기, 특히 다음세대 급감의 원인으로 다음세대 전문 설교자들의 정체성 위기를 제기한다. 한국교회의 위기는 분명 다음세대의 위기다.

그렇다면 우리 민족교회의 위기 해법은 다음세대 사역에서 승기를 잡느냐다. 그 승기를 잡는 방법은 무엇일까? 수많은 프로그램과 방법론이 있지만 그 어떤 프로그램보다 하나님이 만드신 부흥의 프로그램을 대신할 수는 없다. 직설적으로 말해서 다음세대들의 부흥은 하나님 말씀으로만 가능하다. 성경의 역사와 교회사가 경험했던 어떤 유형의 부흥도 말씀의 역사를 떠나서 일어난 예는 없다. 그러므로 21세기든 31세기든 하나님 말씀이 부흥을 가능하게 한다.

한국교회의 다음세대 사역자에게 묻는다. "당신은 다음세대 전문 설교자이십니까?" 이 말에 "예! 저는 다음세대 전문 설교자입니다"라고 대답하는 사역자의 교회를 살펴보자.

그 교회의 다음세대 부서는 부흥하고 있을 것이다. 즉 이 말은 앞에서도 지적했듯이 한국교회의 위기는 다음세대 설교자들의 정체성 위기로부터 출발했고, 그것으로 귀결된다는 것을 보여 준다. 분명하고도 당당한 자기 정체성을 가지고 있는 사람은 실패하기가 성공하기보다 더 어렵기 때문이다.

해마다 범 교단적으로 10% 정도의 다음세대들이 교회를 떠나거나, 감소하고 있다는 통계가 있다. 이대로 한 세대만 흐르면 한국교회는 서양교회의 몰락과 미국교회의 급추락을 그대로 답습하게 될 것이다.

이렇게 영적으로 혼탁한 시대에 우리는 꿈을 꾸어야 한다. 그리고 기도하고 도

전해야 한다. "나는 다음세대 전문 설교자다"라고 당당하게 자신의 정체성을 밝힐 수 있는 그들을 주님이 일으켜 주기를 말이다.

나는 우리 민족교회의 부흥이 다음세대 설교자들에게 달렸다고 믿는다. 당당히 서서 사자가 포효하듯이 "나는 다전설(다음세대 전문 설교자)이다"라고 외칠 수 있는 그들에게 한국교회의 미래가 달려 있다.

이 책은 "나는 다전설이다"를 외치기를 꿈꾸는 사람들과 함께 나누고자 저술하였다. 우리 민족교회의 미래와 우리 곁의 사랑스러운 다음세대들을 위한다면 주저하지 마라. 지금부터 '다전설'로 변신하기 위한 수련 과정이 펼쳐진다. 그 행복과 감동이 있는 다전설로의 변신 과정에 지금 이 책을 손에 쥐고 있는 당신을 캐스팅한다.

"당신을 다전설로 캐스팅합니다!"

유치원에 간 사나이,
다전설이 되다

13년 전, 어느 날 "따르릉" 하고 걸려온 전화가 내 인생의 놀라운 깨달음과 축복의 신호가 될 줄은 오직 하나님만 아셨다. 그 한 통의 전화는 나를 '다전설'(다음세대 전문 설교자)로 변신하도록 특별 훈련소에 입소시킨 하나님의 특별 조치의 신호였고, 나는 언제까지나 하나님의 은혜에 감사드린다.

"따르릉~"

당시 200명 이상의 원아를 교육하는 소위 잘나가는 유치원 원장님의 전화였다. "우리 유치원에서 성경 동화를 들려줄 수 있는 선생님을 찾는데 아시는 분 있으세요?" 수화기를 통해 들려온 원장님의 물음에 반자동적으로 "네! 있고 말고요. 아주 좋으신 선생님이 계셔요"라고 사모가 대답해 버렸다. 이렇게 사모의 적극 추천(?)으로 동화 선생님의 '동'자도 몰랐던 내가 난생 처음 유치원에 가게 됐다. 사모가 등을 적극적으로 떠민 이유나 사나이인 내가 스타일 구겨지게 유치원에 간 이유는 그 일이 그저 고가(?)의 아르바이트 자리였기 때문이다. 그 유치원에서 내가 해야 할 일은 5~7세의 아이들이 30~40명씩 모여 있는, 총 8개 반에서 15분씩 성경 이야기를 구연해 주는 것이었다.

당시 전도사로서 교회에서 설교하는 사역은 익숙했지만 자신의 감정과 생각을 여과 없이 행동으로 표출하는 유치원생들 앞에서 설교가 아닌 구연동화를 해 주는 일은 나에게 너무 생소하고 어색했다. 게다가 유치원 원장님과 1시간 이상 입사(?) 면담을 하고 나오려는 순간 원장님이 던지신 마지막 한마디가 유치원 사역 내내 나의 숙제가 되었다.

"전도사님! 성경 동화를 들려실 때 너무 색깔(종교색)은 드러내지 말아주세요."

원장님은 순복음 개통의 교회를 다니는 믿음이 뜨거운 분이었다. 그래서 자신이 경영하는 유치원에서 '하나님의 사역을 어떻게 할 수 없을까' 고민하다가 동화 시간을 만들어 성경 이야기를 들려줘야겠다는 생각에 신앙심이 있는 동화 선생님을 찾았던 것이다. 그런데 전에 했던 동화 선생님이 천국과 지옥을 동화로 해 주었다가 불신 학부모들에게 아주 혼이 났다면서 '색깔'을 드러내지 말고 성경을 이야기해 달라고 말씀하셨다. 이제껏 나는 복음과 성경을 어떻게 하면 잘 드러낼 것인가를 연구하며 신학을 하고 선교지를 다녔다. 하지만 이곳에서는 색깔은 감추고 재미는 최대한 높여서 5~7세짜리 아이들의 입맛에 맞게 성경을 전해야 했다.

이 난감하고도 어색한 동화 선생님 사역이 하나님의 다전설 훈련 코스였다. 일주일 중 이틀을 15분씩 총 8반을 다니며 쉴 틈도 없이 성경 동화를 들려주는 일이 힘들기도 했다. 하지만 그 시간은 그렇게 하지 않으면 변화되지 않을 내 자신을 너무 잘 아신 하나님의 특별 훈련 조치였다.

그렇게 동화 선생님을 시작한 지 2~3개월쯤부터 교회에서는 전혀 느낄 수 없는 뜨거운 반응을 경험하기 시작했다. 우선 유치원에 들어서는 순간 나를 발견한 아이들은 모두 미소를 지으며 소리를 질렀다. "와! 동화 선생님이다." 그리고 나서 옆의 친구들, 반 친구들에게 동화 선생님이 왔다는 기쁜 소식을 전파했다. 그러면 그 아이들이 달려와 앞뒤좌우로 매달려 걸을 수조차 없이 나를 정말 좋아해 주고 환대해 주었다.

이렇게 좋아해 주는 아이들이 있는 반면 한 반에 한 명씩은 꼭 대책없는 아이들이 있었다. 그 아이들이 떠들고 말을 잘 듣지 않으면 나는 비책으로 "자, 이제부터 저 친구가 너무 동화 선생님을 힘들게 하고 말을 들어주지 않으니까 이 반은 벌칙으로 동화를 들려주지 않겠어요"라고 말했다. 그러면 아이들은 자기들이 나서서 장난치는 아이를 혼내 주며 동화를 빨리 들려 달라고 졸랐다. 이렇게 유치원에 간 사나이가 아이들에게 스타가 되어 가고 있을 즈음 어느 주일날 문득 이런 생각이 들었다. "아니 왜 나는 유치원 아이들에게는 환대와 인기를 누리는데, 교회만 오면 아이들의 냉대 속에서 설교를 하게 되는 걸까? 도대체 문제가 무엇일까?"

그리고 그 까닭이 설교자로서의 잘못된 자세와 마음가짐, 설교법에 문제가 있음을 깨닫기 시작했다. 나아가 그동안 내가 유치원에서 의식적 혹은 무의식적으로 사용했던 효과적인 방법들을 역으로 추적해서 하나하나 그 노하우를 찾아냈다. 그것이 오늘날 캐릭터 설교법의 기초 원리가 되었다.

캐릭터 설교법을 터득하게 되면서 어린이 대상의 설교에 변화가 일어나고 내 사역 영역에도 많은 축복을 경험하게 되었다. 수많은 아이 앞에서도 그들을 설교 속으로 빠뜨릴 수 있는 자신감과 설교자의 능력이 나타나기 시작한 것이다. 그러다 보니 큰 교회 어린이 부흥회나 대형 어린이 캠프 부흥회 강사로 초청되어 다음 세대 친구들을 만날 수 있는 기회가 더 많아졌다. 여름 교사 강습회 단골 강사로 12년째 안 가 본 노회가 없을 정도로 바쁘게 다니며 교사들과 만나는 축복을 받았다. 또한 대한예수교 합동 측 총회와 같은 공적인 기독교 전문 기관 등에서 강의 요청을 받아 전국적으로 강의 사역을 하며 다음세대 사역자들을 폭 넓게 만났다. 8년 전에는 기독교 TV에 전도사 신분으로 '캐릭터 설교법'이라는 강의를 밀레니엄기획 특강에서 하게 됨으로써 이 설교법을 한국교회에 발표할 수 있는 놀라운 축복을 받기도 했다.

하지만 가장 감사한 것은 우리 '모두가행복한교회' 하쓰람랜드 아이들에게 "너는 우리 교회에서 어떤 것이 좋다고 생각하니?"라고 물으면 "목사님의 캐릭터 설교가 좋아요"라고 말하는 아이가 많다는 것이다. 이처럼 설교자는 설교를 통한 영광과 분복이 있다.

다전설이 되는 과정은 고난일 수 있다. 그러나 그만큼 하나님의 크신 은혜와 축복이 있는 가치 있는 과정임을 기억해야 한다. 따라서 한번 도전해 볼 만한 것임을 그 길을 먼저 걸었던 선배로서 알려 주고 싶다.

"다전설이여! 이제 수련의 길로 걸어가자. 그 길은 협곡이지만 놀라운 보람과 영광의 열매가 기다리는 길임을 기억하면서 말이다."

강장식 목사

난세, **영웅을** 깨우다

2011년 추석에 상영된 〈가문의 영광4 - 가문의 수난〉이란 영화에 눈 길이 머물렀다. 그 영화를 보고 싶은 호기심에서가 아니라, 그 영화 제목이 한국교 회의 현실과 무척 닮았다고 느꼈기 때문이다. 현재 우리 기독교는 수난시대가 아 닌가! 수년 전부터 한국교회를 걱정하는 사람들은 현 교회의 위기론을 제기했다. 그리고 이제는 그 위기가 본격적으로 진행되고 있는 기독교의 수난시대가 펼쳐 지고 있다.

〈가문의 수난〉이란 영화는 시리즈물로서 그 첫 편이 〈가문의 영광〉이다. 이 점 도 한국교회와 닮았다. 한국교회도 영광의 시대가 있었다. 기독교 인구 1,200만 명이라고 어깨를 으쓱하던 교회의 영광시대가 있었다. 그런데 그 영광과 부흥이 한 세대(30년)가 지나지 않아 2005년에는 860만 명으로 급감했고, 그 감소세가 줄 어들지 않고 있다. 이미 700만 명대로 감소했으며 곧 600만 시대가 올 것이라 말 하는 사람들도 있다.

교회의 수난을 가장 잘 표현해 주는 신조어가 있다. 무척이나 가슴이 아프지만 기독교가 '개독교'라는 오명을 쓰고도 어찌할 수 없는 시대, 성도의 숫자가 점점 줄어 가고 있는 세대, 진정 기독교의 수난시대다. 그런데 더 심각한 것은 교회의 미래다. 주일학교의 상황은 비상사태다. 주일학교 전문가들에 의하면 10년 전부터 매년 범 교단적으로 주일학교가 약 10%씩 감소하고 있으며, 이런 추세로 계속 간다면 2040년경에는 현재 200만 명인 주일학교가 50만으로 급감하게 될 것이라는 예측을 내놓고 있다. 실제로 내가 강의 사역하며 듣게 된 A교단의 현실은 충격 그 자체였다. 그 교단에서 자체 설문한 결과를 분석하면, 서울 시내 교회 중 유·초등부 주일학교 예배가 없는 교회가 22%, 중·고등부는 42%라는 것이다. 그리고 청년부는 73%라는 것이다. 이것은 어느 한 교단의 문제일까? 아니다.

농어촌은 더 절박하다. 절반 이상이 주일학교가 없는 반쪽 교회를 운영하고 있다. 예장통합도 1998년부터 2001년까지 4년 만에 유치부가 30%나 감소한 것으로 보고했다. 비슷한 기간, 중·고등부는 31.9%나 격감했다. 그렇다면 타 종교는 다를까? 4월 24일 가톨릭이 발표한 자료에 따르면 2011년 초등학생은 10만 8,366명으로 10년 전에 비해 39%나 급감했고, 중고등부도 33% 줄었다.

이뿐인가? 현대 개척교회의 모습은 처절한 동토를 연상하게 한다. 예장합동 총회이만교회운동본부가 2009년에 조사한 바에 의하면 그동안 지원한 83개 교회 중 3분의 1에 가까운 26개 교회에서 주일학교를 운영하지 못하는 것으로 나타났다고 한다. 게다가 매년 11,000여 명 이상의 목회자들이 배출되고 이들 중 80%는 필연적으로 개척 외에는 다른 사역지가 없는 것이 현 실정임에도 불구하고, 매년 3,000개의 교회가 문을 닫고 다시 2,400~2,500개의 신생교회가 생긴다. 그러면 매년 어림잡아도 600여 개의 교회는 이 지상에서 없어진다는 것이다. 이러한 교회가 없어지는 현상은 한 대륙이 없어지는 것과 같은 인류 대재앙이 아닐까? 영적인 측면에서, 하나님 나라의 관점에서 분명 그러하다.

난세(亂世)란 어지러운 세상으로 전란(戰亂), 돌림병, 기아(飢餓)에 허덕이고 죽어 나가는 상황을 말한다. 실로 현대 기독교는 난세를 만났다. 기독교 인구의 급감과 사회적 이미지 추락, 개척교회의 줄지은 부도(?) 사태 그리고 결정적으로 다음세대의 실종과 무너지는 교회들의 모습이 우리 눈앞에서 펼쳐지고 있다. 이러한 난세에 희망은 어디에 있는가? 세상 사람들은 난세에 영웅이 난다는 희망찬 이야기를 하곤 한다. 나 역시 이 글을 쓰는 이유가, 기독교가 난세를 만났다면 이 난세를 역전시킬 하나님의 영웅들이 나타날 것이라는 믿음 때문이다. 그리고 교회의 몰락과 다음세대의 문제를 해결할 난세의 영웅은 바로 다전설, 즉 다음세대 전문 설교자들이라고 확신한다.

여호수아 세대를 보라! 이들은 성경에서 찾아볼 수 있는 가장 위대한 하나님의 백성, 하쓰람(하나님이 쓰시는 사람)들의 면모를 보여 주는 세대다. 여호수아 세대는 요단강을 건너 가나안에 입성한 후 7년 동안 전쟁을 하는데, 31번 싸워서 30번을 통쾌하게 이기고 결국 가나안의 정복자, 하나님 언약의 성취자들로 서게 된다. 그런데 여호수아 세대의 승리와 정복 뒤에 반드시 기억해야 할 사람이 있다. 바로 모세다. 모세는 가나안에 들어갈 수 없었지만 여호수아 세대를 가나안에 들어갈 수 있도록 준비시켜 준 다전설이었다. 이런 면에서 모세는 다전설의 원조(?)가 아닐까? 모세는 인생의 마지막을 다음세대에게 믿음을 전수하는 사역에 전적으로 헌신했다.

모세와 같은 다전설이여! 이제 깨어나라. 희망은 다음세대를 하나님이 쓰시는 하쓰람 세대로, 가나안 정복 세대로 만들 수 있는 다음세대 전문 설교자들뿐이다. 그러므로 본서는 난세의 영웅처럼 나타나 하나님 말씀을 다음세대에게 전수하는 사역에 인생을 불태울 수 있는 다전설들을 꿈꾸며 저작되었다.

본서에서는 '다음세대 전문 설교자'를 캐릭터화하여 '다전설'이라는 캐릭터를 만들었다. 캐릭터는 조금은 무거울 수 있는 본서의 내용을 이야기의 주인공처럼 등장시켜 독자들의 상상 속에 살아서 움직일 것이다. 그 과정을 통해 보다 쉽게 캐릭터 설교법을 익혀 가기를 바라는 마음에서 콘셉트를 잡았다. 또한 다전설 캐릭터는 나 자신이 되고 싶은 꿈의 투영체요, 우리 미래의 투영체이기도 하다. 다전설은 전쟁 영웅이나 무협 영화에서 볼 수 있는 모습에서 착안하였다. 이는 설교라는 것은 분명 영적인 전쟁이요, 싸움이기 때문이다. 그리고 다음세대 설교자가 설교를 익히는 것은, 마치 난세에 숙적과 절대 절명의 싸움을 해야 하는 영웅이 무공을 쌓는 것과 같은 긴박하고도 절실한 것임을 강조하기 위함이다.

그래서 본서는 영적이며 세속적인 대적들과 한판 대결을 펼치기 위해 무공과 실력을 쌓는 난세의 영웅처럼, 다음세대 사역자들이 진정한 다전설로 변신해 가는 과정을 최대한 단계적인 트레이닝 방식으로 설명했다.

"다전설이여! 난세는 영웅을 부른다! 다음세대가 우리의 이름을 다전설로 기억할 때까지 결코 멈추지 마라!"

차례

PART 01 — 캐릭터 설교 이론

1장. 다전설, 설교 변신(變身) 6단계를 실행하라

2장. 다전설, 4대 파워 에너지로 내공(內工)을 쌓아라

3장. 다전설, 설교의 핵심 무공을 연마하라

PART 01

캐릭터 설교 이론

미래교회의 희망인 어린 영혼들을 구할 다음세대 전문 설교자가 되기 위한
첫 번째 관문으로 캐릭터 설교 이론을 완전 정복하자.
하나님 말씀으로 무장하고, 캐릭터 설교로 연마한 다전설의 고수가 될 것이다.

다전설,
설교 변신(變身) 6단계를
실행하라

1단계. 꿈의 변화가 설교를 변신시킨다

▶TV보다 재미있는 설교를 꿈꿔라

'다음세대 전문 설교자'가 되려면 꿈꾸는 것부터 전문가가 돼야 한다. 어떤 일을 하든지 꿈꾸는 사람을 이길 방법은 없다. '1등을 하는 사람은 1등을 꿈꾼 사람'이라는 말이 있다. 다음세대 전문 설교자로서의 정체성을 현실 속에서 이루어 나가려면 반드시 꿈꾸기를 계속해야 한다. 나무가 그늘을 약속하듯 꿈은 성공을 약속하기 때문이다.

모든 설교자에게는 '설교를 잘하고 싶다'는 바람이 있다. 또한 아이들이 내 설교에 은혜를 받았으면 좋겠다는 바람도 있다. 그런데 나는 이런 바람(Wish)을 진정한 꿈으로 승화시켜야만 다음세대 전문 설교자가 될 수 있다고 말하고 싶다.

많은 사람이 바람(Wish)과 꿈(Dream, Vision)을 구별하지 못한다. 바람은 아주 단순한 소망이지만, 꿈은 반드시 이루어야 할 내 삶의 결단이며 목표요, 갈망이며 한(恨)이다. 그래서 바람(Wish)은 바람(Wind)처럼 왔다가 바람처럼 사라지지만, 꿈은 항상 내 곁에서 힘들 때 일어나게 해 주며 지칠 때 등을 밀어준다. 꿈은 내가 배신하지 않는 한 나를 절대로 배신하지 않는다.

미치지 않으면 미칠 수 없다고 하지 않았는가? 물감을 아끼면 그림을 못 그리듯 꿈을 아끼면 성공을 그리지 못한다. 다음세대 전문 설교자로서의 진짜 꿈은 무엇인가? 나는 매 주일 아래의 일들이 일어나는 주일학교를 꿈꾼다.

'오늘도 아이들이 내 설교에 푹 빠졌으면 좋겠다.'
'설교 시간에 모든 아이의 눈과 귀를 확 사로잡아 보리라.'
'오늘 아이들 앞에서 설교할 때, 별보다도 더 초롱초롱한 아이들의 눈망울이 집
  중되는 것을 보았으면 좋겠다.'

또 이런 꿈은 어떤가? 설교가 끝남과 동시에 아이들이 "왜 이렇게 설교가 빨리 끝나요? 설교를 좀 더 해 주세요"라고 항의한다. 그때 설교자가 "너희들의 예배 태도가 별로라서 그 벌로 설교를 조금만 해 준거야. 설교를 더 듣고 싶으면 다음 주에는 제대로 해 봐!"라고 한다. 그리고 일주일이 흐른 뒤, 다시 아이들 앞에 선 설교자는 질문한다. "얘들아, 지난 시간에 선생님이 무슨 설교를 해 주었지?" 그러면 여기저기서 우렁찬 대답이 터져 나온다. 저마다 지난 시간에 했던 설교 내용이 생생히 기억하고 앞다퉈 대답하기 때문이다. 이런 아이들의 모습을 보는 설교 시간의 광경에 대한 꿈말이다.

이처럼 아이들이 설교에 푹 빠져서 그들의 눈과 귀 그리고 영혼과 기억까지 사

로잡아 하나님이 쓰시는 세대를 만드는 설교 사역에 성공하고자 하는 꿈, 바로 이 것이 캐릭터 설교법에서 강조하는 TV보다 재미있는 설교의 꿈이다. 따라서 TV보 다 재미있는 설교를 꿈꾸자. 부의 격차보다 무서운 것이 꿈의 격차라고 했다. 이왕 꿈을 가지려면 최고의 꿈을 갖자. TV보다 재미있는 설교, 게임보다 인터넷, 스마 트폰보다 재미있는 설교를 꿈꾸자. 그리고 기도하고 도전하고 훈련하자.

그런데 왜 굳이 TV보다 재미있는 설교를 꿈꾸라고 하는지 궁금하지 않은가? 그것은 우리 다음세대들을 TV와 게임, 영화, 스마트폰이 몽땅 사로잡고 있기 때 문이다. 그중에서 TV가 매스미디어의 대표격이기 때문에 TV보다 재미있는 설교 를 꿈꾸라고 하는 것이다.

일반 중·고등학교 학생들에게 '교회를 떠난 이유'를 설문했을 때, 아이들의 90%가 '재미가 없어서'였다고 한다. 또한 '교회 선생님이 가장 싫은 때가 언제인 가?'라는 물음에 초등학생들 설문 2위가 '공과 공부를 지루하게 하실 때'였다고 한다. 중·고등부에선 동일 질문에 1위가 '분반 공부가 너무 지루하다'였다고 한 다. 이런 결과는 충분히 예상했다. 그런데 필자를 주목하게 만든 설문 결과가 있었 다. 그것은 '선생님이 좋을 때가 언제인가?'라는 질문의 결과였다. 초등학생들 중 에는 '맛있는 것 사 주실 때'가 2위였다고 한다. 그럼 1위는 무엇이었을까? 의외로 '재미있게 예를 들어 가면서 (성경과 신앙을) 이야기해 주실 때'였다고 한다.[2] 아이 들은 먹는 것보다 성경 듣기를 더 좋아하고 있었다.

그래서 아직 한국교회는 희망이 있다. 누가 잘하면 될까? 설교자와 교사들이 잘 하면 된다. 말씀을 가르치는 사람들이 다전설(다음세대 전문 설교자)이 되면 한국 교회는 분명 다시 새로운 부흥의 시대를 열게 될 것이다. 그래서 나는 외친다. 아 이들을 사로잡고 있는 이 세상의 TV, 게임, 영화, 스마트폰, 그 어떤 것이든 그것 과 싸워 이길 수 있는 재미있는 설교를 해 보려는 비전과 꿈의 중요성을 깨닫고 다전설의 길로 나서라고 말이다.

어떤 유명한 성공학 강사는 "성공한 사람은 Being과 Doing이 균형을 이룬다"라고 성공학의 핵심을 설파했다.[3] 여기서 'Being'은 '어떻게 되고 싶은가'이고, 'Doing'은 '어떻게 할 것인가'를 말한다. 예를 들어 해외여행을 가고 싶다가 'Being'이라면 'Doing'은 돈을 저축한다, 여행사를 알아본다 등과 같이 해야 할 구체적인 행동이 된다. 'Being'이 확실하면 'Doing'은 자연스럽게 따라온다.

반면 최고에 대한 갈망이 없는 사람은 아무리 좋은 'Doing'을 알려 줘도 실행에 옮기지 못한다고 한다. 성공한 사람의 이야기를 들어도 '저 사람은 특별한 사람이야! 나는 평범해. 그래서 될 수 없어'라고 생각해서 책을 소개해 주고, 좋은 강의를 소개해 줘도 개인적인 노력과 돈을 투자하지 않고 자꾸만 핑계를 만들며 의욕을 보이지 않는다는 것이다. 그래서 결국 그들은 낮은 실적 속에 다른 사람들의 성공만 부러워하는 삶을 살 수밖에 없다고 한다.

본서의 꿈, 즉 'Being'은 TV보다 재미있는 설교를 하는 것이다. 그렇다면 그 꿈을 이루기 위한 'Doing'은 무엇일까? 그것은 캐릭터 설교법이다. 진정한 다전설은 꿈쟁이가 돼야 한다. 그리고 그 꿈을 성취하기 위한 수련 과정 속으로 과감하게 자신을 던질 줄 알아야 한다.

"다전설이여, 꿈이 준비되었는가? 그렇다면 꿈을 진행시키자."

2단계. 정체성의 변화가 설교를 변신시킨다
▶ 나는 어린이 설교용(用)이다

다전설이 되기 위해서는 성인용이 아닌 다음세대용, 즉 어린이용 설교자임을 자각해야 한다. 이 하나만이라도 제대로 깨닫는다면 그 설교자는 엄청난 변화를 이루게 될 것이다.

간혹 보면 어린이들에게 설교하면서 설교의 내용이나 방식이 어른들에게 설교하는 것과 별반 다르지 않게 하는 설교자들이 있다. 더 나아가 그들 중에는 어른들에게 설교하듯 하면서 아이들이 조용히, 가만히 설교 듣기를 기대하는 설교자들이 있다. 뭔가 문제가 있다고 느껴지지 않는가?

어린이 전문 사역자는 스스로 어린이용 설교자임을 인식하고 아이들에게 눈높이를 맞추어야 한다. 아이들이 놀이동산을 좋아하는 이유는 재미있는 놀이기구뿐 아니라 그들이 좋아하는 노래, 캐릭터, 색깔, 건물, 이벤트가 가득하기 때문이다. 반면 어른들이 놀이동산을 아이들만큼 즐거워하지 않는 이유는 그들 나름대로 좋아하는 색깔, 음악, 건물 양식이 따로 있기 때문이다.

이와 같이 어른과 아이의 취향은 확연히 다르다. 그러므로 어린이 설교자가 어린이 전문 사역자로 되기 원한다면 스스로 어린이용 설교자임을 인정하고 아이들의 사고와 방식으로 전환해야 한다.

그렇다면 바람직한 어린이용 설교자의 자질에는 어떤 것들이 있을까? 첫째, 자세가 어린이용이어야 한다. 어떤 아이가 예배 시간에 디지몬 카드나 탑 블레이드를 가지고 놀고 있다고 가정해 보자. 이 상황에서 아이를 어떻게 다뤄야 할까? 이것이 매우 중요하다. 어떤 선생님은 아이에게 다가가서 "이놈, 교회에서 그런 것을 하다니… 압수!"라고 말하면서 아이가 가지고 놀던 카드나 장난감을 빼앗는다. 어떤 선생님은 "야, 참 재미있겠다. 선생님이랑 같이 해 보자. 그런데 지금은 예배 시간이니깐 예배가 끝나면 선생님이랑 같이 해 보자"라고 얘기하고, 실제로 예배 후에 그 아이와 같이 논다. 아이의 행동에 서로 다른 방법으로 대처하는 두 선생님을 보면서 어떤 교사가 진정한 어린이 사역자의 모습이라고 생각하는가? 진정한 어린이 전문 사역자는 어린이의 세계를 존중할 줄 아는 자세가 필요하다.

둘째, 음성이 어린이용이어야 한다. 어른이 좋아하는 음색과 어린이가 좋아하는 음색은 다르다. 어른들은 교양과 안정감을 느끼게 하는 중저음의 톤을 좋아한다. 그러나 아이들은 중저음의 낮은 음색을 싫어한다. 약간 높은 톤의 밝고 경쾌한 음색을 좋아한다. 그래서 어린이 전문 사역자라면 아이들이 좋아하는 음색이 무엇인지 알고 그 음색을 사용할 줄 알아야 한다.

셋째, 표정과 함께 아이들이 좋아할 만한 보디랭귀지를 사용할 줄 알아야 한다. 어린이 설교자는 표정을 잘 사용해야 한다. 《성공하는 사람에겐 표정이 있다》[4]라는 책 제목도 있지 않은가? 사람들은 어떤 이미지를 받아들일 때 메시지만 받아서 이미지를 형성하는 것이 아니라 유통 경로, 즉 매체에 의해 받아들이며 이 유통 경로(매체)의 이미지가 본래의 이미지와 함께 동일화하고 강화된다고 한다.[5] 이 말은 설교를 할 때 사람의 음성과 태도 그리고 얼굴 표정이 설교에 대한 최초 이미지로 어린이들의 마음에 형성된다는 것이다.

그러므로 TV보다 더 재미있는 설교를 하고자 하는 어린이 전문 설교자는 표정부터 자연스럽고 자신감 있어야 하며 설교 자체를 재미있어 하는 느낌이 얼굴 표정을 통해 환하게 표출되어야 한다.

심리학자 메라비안(Albert Mehrabian)은 설교의 총체적 효과는 7%의 단어와 38%의 음성과 55%의 얼굴로 되어 있다고 하지 않던가. 설교자의 얼굴 모습과 청중과의 눈의 접촉이 중요하다는 이야기다.[6] 아이들이 좋아할 만한 표정이나 보디랭귀지를 구사할 줄 알면 보다 더 효과적인 설교를 할 수 있다. 표정과 몸동작에서 벌써 아이들과 친밀감, 공감이 형성된다면 설교의 성공은 당연한 수순이 아니겠는가?

그런데 어떤 교사를 보면 아이들이 눈을 돌릴 수밖에 없다는 생각이 들 정도다. 딱딱하게 굳어진 표정, 뻣뻣한 목소리, 형식적인 행동 이 모두가 아이들이 교사와 거리감을 느끼게 하는 동기가 된다. 그만큼 표정과 외모는 중요하다. 물론 외모가 좋아야 하다고 해서 다전설은 미남미녀여야만 한다는 의미는 아니다. 언제나 밝은 미소와 환한 웃음, 따뜻한 마음으로 아이들을 대하고 그 아이들과 친밀감을 형성할 수 있는 사람만이 다전설이 될 수 있다는 것이다.

3단계. 설교법의 변화가 설교를 변신시킨다
▶설교법을 바꿔야 설교가 바뀐다

세계적인 파워 토크의 스타가 된 잭 캔필드, 스티븐 코비, 마야 안젤루를 아는가? 이들의 명성은 강의료가 말해 준다. 이들은 한 번 강의료로 13만 5천 달러, 한화로 약 1억 7천만 원이라는 엄청난 사례금을 받는다. 이는 말의 가치를 단적으로 보여 주는 예다. 그러나 간과하지 말아야 할 것은 그들이 그 자리에 오르기까지 약 4만~5만 시간을 투자하여 훈련하고 노력했다는 것이다.[7]

세계적인 토크 스타들은 자신의 말을 연마하고 수련한 말의 전문가를 지나 말의 고수, 말의 전설이다. 즉 말은 연마할 수 있다는 증거다. 다른 말로 하면 트레이닝을 하지 않으면, 말을 하는 사람은 될 수 있어도 말의 달인은 될 수 없다는 의미다. 이를 설교에 적용해 보면 다음세대 전문 설교자가 설교를 연마 없이 하면 그냥 설교자는 될 수 있지만 다음세대 전문 설교자는 될 수 없다는 것이다.

한편 재미없게 설교하는 설교자들의 공통점이 있다. 그들은 한결같이 재미없는 설교법을 사용한다는 것이다. 즉 연마되지 못한 설교는 오히려 나쁜 효과를 나타낸다. 바람직하지 못한 방법은 이미 결과를 내포하기 때문이다.

따라서 바람직하지 못한 설교자 유형을 보면 네 가지로 나눌 수 있다. 첫째, 배짱형이다. '그냥 열정을 가지고 외치면 되지 뭐 다른 설교법이 있느냐' 하는 배짱 두둑한 열정가들이다. 그러나 이런 형태는 절대로 숙달된 설교를 할 수 없다. 둘째, 임기응변형이다. 다음세대 설교는 대상이 어리다 보니 아무런 준비 없이 강단으로 나아가는 설교자들이 종종 있다. 이것은 그 대상에 대한 심각한 결례며 하나님 앞에서 부끄러운 일이다. 셋째, 경험형이다. 이 유형은 내가 설교 사역을 10년 했느니 그 이상 했느니 자랑하면서 자신의 방식을 고집한다. 사역의 열매가 없다면 잠시 자신의 연장(설교법)을 내려놓고 그 날을 세우는 일을 먼저 해야 하지 않을까? 넷째, 필링(feeling)형이다. 나는 감(feel) 혹은 성령에 의지해야 한다면서 설교법에 대한 연구와 연마보다는 기도와 같은 것에 의존하는 설교자들이다. 기도는 기도고, 설교는 설교다. 기도가 설교법 연마를 대신해 줄 수는 없다.

스피치 전문가 마츠모토 유키오는 "스피치는 수영이나 골프와 같아서 기본적인 규칙, 형태, 정석을 모르고 아류나 자기 방식대로 해서는 안 된다"고 했다. 또한 "이상한 습관이 배어 버리면 다시 원래대로 돌아오기가 힘들다"고 강조했다.[8]

나는 설교 역시 동일하다고 생각한다. 다음세대의 마음을 사로잡지 못하는 재미없는 설교는 그 설교법에 문제가 있다는 사실을 인식해야 한다. 이 깨달음이 시작될 때, "아! 그럼 어떤 설교법으로 해야 할까?" 하는 생각이 시작된다. 이 고민이 변화를 추구하는 계기가 된다.

믿음을 가장한 배짱과 임기응변을 가장한 게으름, 경험을 가장한 교만, 성령의 감동을 가장한 무대책으로는 결코 다음세대를 사로잡는 설교를 할 수 없다. 지루한 설교는 지루한 설교법을 가지고 있기 때문에 그 설교 구조와 재미없는 설교법을 '재미있는 설교법'으로 바꾸어야만 다음세대를 사로잡는 전문 설교자가 될 수 있다. 그럼 다음세대를 사로잡는 재미있는 설교법이란 무엇일까? 캐릭터 설교법이 그 대안이다.

"다전설이여, 틀을 깨지 않으면 그 틀에 메인다. 법을 바꾸지 않으면 그 법에 지배된다. 자신의 설교법과 틀을 과감하게 재정비하자. 설교법을 바꾸어야 설교가 바뀌고 다음세대가 바뀐다. 이것을 깨달아야 한다."

4단계. 학습법의 변화가 설교를 변신시킨다
▶ 배우고 익히는 사람은 당할 수 없다

《논어(論語)》 제1편 〈학이(學而)〉에 가장 먼저 나오는 구절이 '학이시습지 불역열호(學而時習之 不亦說乎)'다. 이를 풀이하면 '배우고 때때로 익히면 즐겁지 아니한가'다. 즉 공자의 가르침은 '배움(學)'에서 시작한다. 아무리 좋은 가르침이나 방법이 있더라도 그 가르침과 방법을 내 것으로 삼느냐는 배우고 익히는 사람의 자세와 노력에 달려 있다.

그런데 다음세대 사역과 교육에 문제가 있고, 쇠퇴가 일어나는 교회들을 보면 다음세대 사역자와 교사들이 심각한 병에 걸려 있음을 볼 수 있다. 다음세대 사역자들에게 심각한 장애를 주는 병의 정체는 바로, '배우려 하지 않는 병', 즉 학습태만증(學習怠慢症)이다. 이 병에 걸리면 절대로 21세기를 성공할 수 없다. 21세기는 전문적으로 자신의 능력을 계발하고 그 능력을 활용하는 사람들이 대접받는 사회다. 그만큼 이 세기에는 창의력과, 그것을 끝까지 자신의 것으로 성취해 나가는 능력이 중요하다. 따라서 학습 능력이 있는 사람만이 성공할 수 있다.

《지식혁명 보고서》란 책에 "지식은 교육되는 것이 아니라 학습되는 것입니다"라는 구절이 나온다.[9] 무조건 암기한다고 모두 지식이 되는 것은 아니다. 무조건 배워서 머릿속에 집어넣는다고 지식으로 쌓이는 것은 아니다. 그 지식이 자신의 것이 되려면 배운 것을 스스로 터득하는 학습 능력이 필요하다.

《아프니간 청춘이다》라는 책에 나오는 이야기다.[10] 한 나무꾼이 있었다. 그 나무꾼은 나무를 열심히 톱으로 자르고 있었다. 그 모습을 가만히 지켜보던 한 사람이 톱날이 너무 무디어서 나무가 전혀 잘리지 않는 것을 발견하고 보다 못해 나무꾼에게 말했다. "이보시오. 톱날 좀 갈고 하시오." 그런데 그 나무꾼은 오히려 반색을 하며 "뭐라고요? 당신은 지금 내가 얼마나 바쁜지 모르는군요. 난 바빠요, 바빠" 하면서 톱질을 두 배나 힘차게 하더란다.

마치 이솝우화에나 나올 법한 이야기다. 그러나 이 이야기가 다음세대 설교자들에게 주는 메시지가 있다. 정말 나무를 많이 하고 싶다면, 나무를 열심히 베는 것보다 톱날을 가는 것이 더 먼저 해야 할 일이라는 것이다. 따라서 지금 잠시 톱질하기를 멈추고 톱날을 갈라는 이야기다. 즉 이 말을 설교자들에게 적용해 보면 무작정 설교하는 열심보다는 잠시 자신이 하던 연장(설교법)을 내려놓고, 정말 재미있는 설교법, 보다 다음세대에게 어필할 수 있는 효과적인 설교법에 관해 배우고 훈련하는 시간이 절실하다는 것이다.

나무가 안 잘리면 '왜 나무가 안 잘릴까? 이 나무는 어떤 나무이고, 내가 쓰는 연장은 이 나무를 자르기에 적합한 것인가?'를 생각하는 것이 정상 아닐까? 이것을 성찰이라고 부른다. 아이들이 내 설교에 어떻게 반응하는가? 그 반응이 만약

신통하지 않다면 우리는 성찰의 시간을 가져야 한다. 나 자신의 실력에 대해서 성찰하고 내 방법론에 대해서 그리고 그 나무에 대해서 성찰해야 할 기회가 바로 그 때인 것이다.

물론 현대사회는 '백수도 과로사한다'는 말처럼 모든 사람이 바쁘다. 다음세대에 관련된 사람들도 바쁘다. 하지만 바빠야 할 것에 바쁠 줄 알아야 한다. 안타까운 것은 성찰이 없는, 그리고 그 성찰로 학습이 없는 다음세대 사역자와 교사들이다. '나의 설교 사역은 진정 우리 아이들에게 잘 적용되고 있는가? 그렇지 못하다면 무엇이 문제일까? 혹시 나의 설교법이 문제는 아닐까? 내가 하나님 말씀을 증거하는 설교 사역을 경히 여겨서 학습태만병에 걸리지는 않았는가?' 하며 자신을 성찰하고 반성해야 한다. 그러면서 과연 다음세대들을 사로잡을 수 있는 설교가 가능한가? 가능하다면 어떤 것을 연마해야 할까? 나의 무딘 설교의 날을 제대로 갈아 낼 수 있는 배움은 무엇일까? 고민하고 도전해야 한다.

"내게 나무 벨 시간이 8시간 주어진다면, 그중에 6시간은 도끼를 가는 데 쓰겠다." 누구의 말인 줄 아는가? 세계적인 위인뿐 아니라 신앙의 영웅으로 평가받는, 그 이름만으로도 전설이 된 사람, 링컨의 말이다.

공병호는 《명품인생을 만드는 10년 법칙》[11]에서 전문가가 되려면 적어도 1만 시간을 그 일에 투자해야 한다고 강조했다. 하루 3시간씩 10년을 해야 전문가가 될 수 있다는 것이다. 그리고 김미경 전문 스피치 강사는 10년이 아니라 15년을 해야 그 일에서 전문가로 인정받고 일할 수 있다고 어느 TV 방송에서 단호하게 말했다. 세상에서도 전문가가 되는 과정은 이처럼 피나는 수련이 있은 후에 가능하다. 그렇다면 다음세대 전문 설교자가 되겠다는 우리의 각오는 어떠해야 하는가? 최소한 다음세대 전문 사역자가 되기 위해 1만 시간을 투자할 각오가 되어 있는가?

불의의 사고에도 불구하고 한 사람의 희생자도 없이 승객 전원을 살려 낸 기적 같은 이야기의 주인공 설렌버거(Sullenberger) 기장의 성공 비결에 대한 물음에 아주 짧은 한마디의 대답이 돌아왔다고 한다. "1만 9천 시간의 비행 경험."

우리 민족교회의 다음세대 사역은 불시착의 위기 속에 있는 비행기와 같다. 그래서 우리는 설렌버거 기장처럼 모두를 살려 낼 전설의 영웅을 기다리고 있는지도 모른다.

"다전설이여, 전설이 될 때까지 무한 도전할 각오가 되어 있는가?"

5단계. 청중의 변화가 설교를 변신시킨다
▶ 대상이 변하면 설교법도 변해야 한다

예전에 캐릭터 설교법을 강의했을 때, 중년의 여 전도사님에게 당시 어린이 TV 프로그램을 보았냐고 질문했다. 그러자 그 전도사님은 "저는 성경만 보고 설교하는데요. 그래서 그런 건 잘 몰라요"라고 말하는 것이 아닌가. 우리 주변에는 이런 신실한 전도사님이 아주 많다. 그런데 그들의 성경에 대한 사랑은 좋지만 다음세대 전문 설교자로서는 뭔가 한참 부족하다는 생각이 든다. 자신이 설교하는 대상에 대한 분석을 완전히 무시한 설교법을 가지고 있기 때문이다. 이런 설교자들의 현상에 관해 설교 연구가 켄 데이비스(Ken Davis)는 "우리가 설교를 준비할 때 흔히 설교를 잘하는 데에만 너무 집중한 나머지 커뮤니케이션의 절반, 즉 청중을 잊어버리는 일이 있다. 그들 없이는 커뮤니케이션이 불가능하다"[12]라고 지적했다.

다음세대들이 어떤 존재이며, 어떤 것을 좋아하고, 고민은 무엇인지에 대해 제대로 알지 못한 채 설교하는 것처럼 비효과적인 설교 방식은 없다. 그런 방식으로 설교를 한들 청중과 제대로 소통이 일어나겠는가? 대상에 대한 분석과 사랑이 부족한 설교를 아이들이 좋아할 리가 없다. 청중 분석 없이 설교하는 것은 진단 없이 약을 주는 것과 같아서 온전히 환자를 고칠 수가 없기 때문에 그런 설교는 감동도 변화도 있을 수 없다.

1990년대 초반 문화대통령으로 불린 '서태지와 아이들'의 등장으로 대표되는 신세대 문화는 그 뒤 기성세대와 다른 삶의 방식과 문화적 감수성을 지닌, 대중문화의 새로운 주체로 떠올랐다. 그 뒤 'X세대·Y세대·N세대'라는 새로운 이름이 젊은 세대를 가리키게 되었고, 1980년대를 대표하는 '386세대'(30대, 1980년대 학번, 1960년대 출생한 세대)와 1990년대의 소비 사회를 대표하는 '297세대'(20대, 1990년대 학번, 1970년대 출생한 세대)라는 용어도 등장했다. 여기서 386세대가 정치세대라면, 297세대는 문화세대라 할 수 있다. 그뿐 아니라 2002년에는 '밀레니엄세대'가, 2002년 한·일 월드컵 이후에는 'W세대'와 'R세대'가, 그리고 2002년 대선이 끝나고 난 뒤에는 'P세대'라는 말이 새롭게 생겨났다. 이러한 용어들의 등장은 세대 문화가 우리 대중문화의 한 코드로 자리 잡고 있음을 보여 준다.

'세대가 다르다'는 것은 단순히 태어나고 자란 시기가 다르다는 의미를 넘어서, 세상을 바라보는 눈과 가치관, 그리고 문화를 누리는 감수성과 개성까지 다름을 뜻한다. 그러므로 설교 방식도 그 세대에 따라 유연하게 반응할 수 있어야 한다.

기성세대는 문자세대로서 그들이 어렸을 때는 텔레비전도 흔하지 않았다. 그래서 주일학교에서 선생님이 들려주는 동화를 좋아했고, 여름성경학교 때 보여주는 만화영화를 놓치지 않으려고 일찌감치 예배당에 자리 잡고 상영 시간만 기다렸다. 그러나 요즘 아이들은 태어나면서부터 텔레비전, 게임, 영화, 스마트폰까지 접하며 자라나는 영상세대다. 이렇게 이미지를 통해서 모든 것을 받아들이기 때문에 이미지세대라고도 한다. 뿐만 아니라 라디오, 텔레비전, 영화, 비디오, 인터넷 등 다양한 문명을 접하면서 자라기에 멀티미디어세대라고도 한다. 이처럼 대상이 변했다면 그에 따른 방법도 변하는 것이 당연하다.

"다전설이여, 변화된 대상에게 변화된 방법으로 다가서라."

6단계. 시대의 변화가 설교를 변신시킨다
▶지금은 설교연출노트 시대다

예전에는 글로 설교문을 작성하는 것이 최상의 준비였다. 하지만 요즘 아이들은 태어나면서부터 영상과 인터넷 문화에 익숙한 멀티미디어세대다. 또한 재미와 느낌을 중시하는 감각세대다.

나는 이렇게 달라진 시대와 대상인 다음세대 아이들에게는 글로 된 원고 전달방식의 설교는 더 이상 효과가 없다는 결론을 내렸다. 그리고 이제는 '설교연출노트'를 쓰는 방식이 다음세대 설교자들을 전문 설교자로 비약적인 발전을 가능하게 하는 방법이 될 것을 확신했다.

그리하여 이제는 설교문 작성에서 머무르지 말고 영화나 드라마의 시나리오를 쓰듯, 설교연출노트 쓰는 방식을 적극 추천한다. 그럴 때 아이들은 설교의 상상력 세계와 재미 세계에 푹 빠져 설교에 집중하게 될 것이다. 설교자의 꿈이 바로 현실 가운데 일어나는 기적과 같은 순간을 만나게 될 것이다.

설교연출노트를 써야 하는 두 가지 이유가 있다.

첫째, 21세기는 토털 커뮤니케이션 설교가 필요하기 때문이다. 21세기 어린이 전문 사역자는 총체적인 멀티미디어식 설교를 해야 한다. "예수 그리스도의 성육신은 하나님의 토털 커뮤니케이션이다"라고 하신 유명한 석학의 말씀도 있듯이,[13] 구약의 하나님은 우리에게 음성으로 당신의 존재를 알리셨다. 요즘 시대로 말하자면 오디오, 즉 라디오로 나타나셨다는 말이다. 신약의 하나님은 예수 그리스도를 이 땅에 보내심으로 당신의 존재를 알리셨다. 즉 토털 커뮤니케이션하셨다는 말이다. 처음에는 사람들이 하나님의 음성을 듣다가 그분을 직접 보고, 그분을 만지고 체험하며 그분과 교류하면서 그분의 사역에 동참했다. 즉 예수님의 성육신하심은 총체적인 멀티미디어로 하나님이 이 땅에 오신 것이라는 말이다.

이것은 아이들 대상의 설교를 할 때도 그대로 적용된다. 아이들은 설교를 듣고 보는 것으로만 만족하지 않는다. 총체적 미디어를 통해서 자신들이 직접 만지고 느끼고 참여할 수 있는 설교를 원한다. 이것이 21세기에 변화된 모습이다. 특히 멀티미디어세대에 태어난 아이들에게는 토털 커뮤니케이션식 설교가 필요하다.

반가운 것은 최근 들어 장년 성도들을 향한 설교 방법론도 다양하게 변화하고 있다는 것이다. 정인교 교수는 이를 '특수 설교'라고 소개하면서 "특수 설교란 성경적 메시지라는 전제 아래, 설교의 전달 효과를 높이기 위한 목적으로 설교에 음악, 문학, 영상, 미술, 드라마, 실물 등 다양한 장르 및 매체를 결합하여 설교의 입체화를 시도하는 설교다. 특수 설교는 말하고 듣는 설교의 전통 패러다임에 '입체화'라는 옷을 입힌 것과 같다"라고 했다.[14]

이런 시대적 흐름 가운데 다음세대 설교는 시나리오를 쓰듯, 연출노트를 쓰듯 토털 커뮤니케이션 방식의 캐릭터 설교가 대안이다. 캐릭터 설교는 들려주고 보여 주고 참여시키는 방법들을 제시하는 다음세대 설교법이기 때문이다.

둘째, 21세기형 어린이 설교는 연출이 필요하기 때문이다. 21세기는 설명식 설교, 강연식 설교가 아니라 연출된 설교가 필요하다. 여기에서 '설교가 연출되어야 한다'는 의미가 설교를 인위적으로 만들어야 한다는 의미는 아니다. 설교를 연출하기 위해 고민한다는 것은 아이들에게 어떻게 감동을 줄 것인가를 준비한다는 말이다. 아이들이 재미있어서 폭소를 터뜨릴 만한 설교를 준비하려면 정확한 연출과 기획이 필요하다는 것이다. 성령이 주시는 믿음으로 외치는 것과 아이들이 설교에 감동받고 재미있어 할 설교를 위해 준비하는 연출 작업은 결코 상충되는 것이 아니다.

"다전설이여! 재미와 감동을 주는 설교 연출의 달인이 되기 위해 멈추지 말고 도전하라!"

2

다전설,
4대 파워 에너지로
내공(內工)을 쌓아라

매년 수능시험 결과가 나오면 뉴스에서는 어김없이 전국 수석 학생의 인터뷰를 보여 준다. 기자가 묻는다. "전국 1등의 비결이 있다면?" 올해는 특별한 노하우가 있을까 하고 귀를 기울여 보면 역시나 매년 듣던 이야기가 다시 부활(?)해서 들려온다. "교과서 위주로 공부하며 기초부터 탄탄하게 다지면서 공부했습니다." 매년 듣는 이야기라 식상하지만 기본기의 중요성을 말해 주는 이야기다. 공부만 기초가 중요할까?

5년 연속 월드챔피언인 프랑스 출신의 유명한 골퍼에게 기자가 인터뷰를 했다. "노장인데도 불구하고 장기간 챔피언 자리를 지켜 온 비결이 있다면?" 챔피언 골퍼는 "항상 체력 훈련을 게을리 하지 않고 기본기에 충실하고 즐겁게 운동을 하고 있습니다"라고 대답했다.

공부든 운동이든 그 어떤 일을 하더라도 기본기가 준비됐느냐 안 됐느냐는 아주 작은 차이인 듯 보이지만 그 결과는 확연히 달라진다는 것을 명심해야 한다. 기본기를 잘 훈련한다는 것은 요즘 말로 '내공을 쌓는다'는 말로 이해할 수 있다. 내공(內工)의 사전적 의미는 '훈련과 경험을 통해 안으로 쌓인 실력과 그 기운'이다. 수년간 기본기를 철저하게 연마하여 자신의 내면에 쌓아 놓은 숨은 실력, 엄청난 잠재력의 파워를 의미한다. 그래서 내공은 세 가지 액체량에 비례한다고 한다. 그 세 가지 액체란 피, 땀, 눈물이다. 이런 이유에서 대부분의 무협소설이나 영화 등은 항상 '내공이 강한 자가 곧 이기는 자다'라는 식의 도식이 정해져 있다.

결국 내공이란 기본기에 충실한 것을 의미한다. 내공은 쌓으면 쌓을수록 눈에는 보이지 않지만 엄청난 파워 에너지를 소유하게 된다. 그것을 적재적소에 활용할 수 있는 경지에 도달한다면 그는 진정한 고수로 등극하게 될 것이다. 그래서 악의 무리들을 단숨에 물리치고 자신이 사랑하는 다음세대를 구하는 자, 그가 바로 다전설이다.

"다전설이여, 이제부터 캐릭터 설교의 기본기, 4대 파워 에너지를 잘 훈련하여 난세의 내공 있는 절대 고수로 변신하자."

1. 문화 접속 에너지로 내공을 쌓아라

다음세대 전문 설교자에게 가장 기본적으로 요구되는 능력은 무엇인가? 적어도 어떤 세대의 전문가라는 표현이 성립되려면 반드시 그 세대와 전문적으로 통하는 능력이 필요하지 않을까? '통한다'는 말을 달리하면 코드가 맞는다고 할 수 있다. 따라서 다음세대의 코드를 전문적으로 활용하여 그들에게 잘 다가갈 수 있는 사람, 그래서 그들의 코드와 상황에 맞는 설교를 통해 변화를 이끌어 낼 수 있는 설교자가 진정한 다전설이다.

그렇다면 다음세대와 접촉할 수 있는 가장 중요한 코드는 무엇일까? 21세기를 살아가는 영혼들에게 다가갈 가장 효과적인 코드는 '문화'다. 우리는 문화를 통해서 어린 영혼들과 접촉할 수 있다. 전 세계의 모든 나라가 각기 고유문화를 가지고 있듯이, 같은 집에 살아도 연령대가 다르면 아주 다른 세대별 문화 속에 살아간다는 것을 간과하지 말아야 한다.

이제는 세대마다 서로 다른 문화 형태가 뚜렷하게 존재하는 시대다. 이것은 각 세대에게 접근하려면 반드시 그 세대의 문화를 통해 접촉하는 전략이 가장 효과적 방안임을 알려 주고 있다. 그러므로 다음세대 전문 설교자의 가장 기본적이며 중요한 자질은 다음세대의 문화에 접속하는 능력이다. 그래야만 다음세대의 마음을 열고 대화하며 소통할 수 있는 가장 기본적 배경이 만들어지기 때문이다.

그렇다면 다음세대의 문화 코드를 잘 이해하는 방법은 무엇일까? 2011년에 서울 거주 부모 500명과 7~13세 어린이 100명을 대상으로 설문 조사한 '2011 대한민국 어린이 백서'가 발표됐다. 국내 최초로 대한민국 어린이들의 일상생활, 가치관, 관심사, 생각을 조사한 어린이 보고서이기에 관심을 끌었다.

보고서에 의하면 '어린이의 일상생활'은 TV 시청과 인터넷 이용, 온라인 게임

등이 대부분이었다. 1일 평균 TV 시청 시간은 180분으로 주로 부모와 동반 시청 형태를 띠었고, 1일 평균 인터넷 이용 시간은 60분이었다고 한다. 또한 'TV 시청 형태'에서는 어린이들이 부모보다 광고 시청 후 기억도가 2.3배 높았고, 광고 몰입도 1.8배, TV 시청 후 내용 공유 정도도 2.6배 높아 어른보다 적극적으로 TV를 보는 것으로 나타났다.

다음세대의 문화 코드를 이해하려면 바로 그들이 즐겨 하고 좋아하는 것이 무엇인가에 관심을 기울이고 관찰하는 습관이 요구된다. 위의 보고서가 보여 주는 대로 그들이 좋아하는 TV 시청, 인터넷 이용과 온라인 게임에 이르기까지 다음세대들의 문화를 제대로 이해하고 그들의 코드를 찾아 관심을 가지고 관찰하는 습관이 모든 다전설에게 필요하지 않을까?

그러므로 일각에서는 텔레비전을 '백해무익한 바보상자'라고 하여 보지 않기 운동을 하기도 하고, 인터넷이나 온라인 게임 안 하기 운동으로 이끌려는 시도를 종종 하기도 한다. 그러나 그런 방법들은 결국 실효성이 없음이 드러났다. 매스미디어 시대에 살면서 그것을 금하라고 하는 것은 거의 불가능한 요구이기 때문이다. 오히려 그 대책으로 '미디어 교육'이 대안으로 제시될 수 있다.

미디어 정보들을 올바르게 이해하고 그 속에서 진실과 거짓을 분별할 수 있는 능력, 더 나아가 미디어를 스스로 효과적으로 활용하여 우리가 사는 사회를 더욱 풍요롭고 아름답게 하는 능력을 키우는 미디어 교육의 중요성이 강조되는 시대에 우리는 살고 있다. 매스미디어 문화는 이제 다음세대들 삶의 일부분이 되어 버렸기 때문이다.[15]

성경적 설교는 성경만 보고 하는 설교가 아니다. 그 세대의 문화 코드에 제대로 접속하여 성경을 들려주고 다음세대의 삶을 성경적으로 변화시켜 줄 수 있어야 한다. 그러므로 다음세대의 마음을 움직이고 소통하게 하려면 성경과 아울러 다음세대들의 문화 코드에 접속하려는 용기와 노력이 다전설들에게 절대적으로 필요하다.

그래서 실천 방안으로 나는 다전설들에게 한 가지 실행 노하우를 나누고 싶다. 그것은 바로 'TV 잘 보기 운동'이다. 텔레비전보다 더 재미있는 설교를 하기 위해서는 아이들의 문화와 그 코드를 가장 잘 알 수 있는 텔레비전을 봐야 하지 않을까? 다음세대들의 문화 코드를 관찰하고 분석하여 파악할 수 있게 하는 도구인 텔레비전을 잘 보면 얻게 되는 실질적 유익이 세 가지 있다.

1. 텔레비전을 잘 보면 다음세대들의 언어를 볼 수 있다.
2. 텔레비전을 잘 보면 다음세대들의 심리를 볼 수 있다.
3. 텔레비전을 잘 보면 다음세대의 흥미 구조를 볼 수 있다.

이처럼 다음세대의 언어와 심리 그리고 흥미 구조에 단서를 주는 문화 코드에 접속하여 다음세대를 충분히 이해하고 그들의 마음을 공감하고 그들의 흥미 구조에 적합한 설교를 할 수 있다면, 다음세대들은 반드시 그 설교에 적극적으로 반응하게 될 것이다. 다음세대들도 자신들이 좋아하는 이야기를 해 주고, 자신들의 문제를 해결해 주는 설교를 간절히 기다리고 있을 것이다.

2. 상상력 에너지로 내공을 쌓아라

설교자가 들려주는 성경 이야기는 2천 년 전에 있었던 옛날이야기다. 문화적 배경도 다르고, 시·공간상으로도 수천 년의 차이가 있다. 대부분의 설교자는 문화적으로나 공간적으로 동떨어진 이야기들을 전해 주면서 아이들에게 그 이야기가 진리라고 말하고, 아이들로부터 반응을 얻기 원한다. 그러나 성경 이야기가 고대 전설과 같이 과거에만 존재했던 이야기처럼 들려진다면 그보다 불행한 일은 없을 것이다. 옛날에 일어난 일이지만, 그 성경 이야기가 현재의 삶에도 영향을 미칠 수 있는 생생한 사건으로 느끼게 할 수 있는 방법은 없을까?

옛날이야기를 살아 있는 생생한 오늘의 이야기로 전하는 법, 다시 말해 그 이야기에 생기를 불어넣는 방법이 있다. 그것은 '상상력'의 파워를 활용하는 것이다. 상상력은 설교하는 데 없어서는 안 될 아주 중요한 요소다. 왜냐하면 설교에 생기를 불어넣는 것이 바로 상상력이기 때문이다. 또한 사람은 상상으로 펼쳐질 때 행동으로 옮기며, 상상이 되지 않으면 지식적으로 동의할 뿐 행동으로 옮기지 않는 특징이 있다. 즉 사람을 움직이는 것은 상상력을 최대한 자극할 때 가능하다는 것이다.[16] 그러므로 다음세대 전문 설교가는 어린이들의 상상력을 자극하고 설교 시간에 상상의 날개를 펼치도록 설교를 구상하고 전개할 줄 알아야 한다.

리랜드 라이큰(Leland Ryken)은 상상력을 정의하여 "새로운 것을 창조할 뿐만 아니라, 익숙하고 낯익은 것도 신선한 방식으로 새롭게 보고 느낄 수 있게 하며, 예로부터 내려오는 진리를 새롭게 표현하여 인생에 새롭게 적용할 수 있는 작용"이라고 했다.[17] 또한 그는 "하나님의 진리를 표현하는 성경의 가장 일상적인 방법은 설교나 신학적 진술이 아니라 설화나 시, 판타지, 편지와 같은 문학 형태며 상상력의 산물이다"라고 말했다. 또 다른 학자는 "개념을 시각화하는 능력"이라고 정의했다.

이처럼 상상력은 구태의연한 옛것을 생생하게 살아 있는 것으로 바꾸어 놓는 능력이 있다. 이 상상력을 잘 활용하면 성경 이야기를 자신과는 상관없는 지난 이야기로 듣는 게 아니라, 생활 구석구석에 영향을 미치는 살아 있는 이야기로 들려 줄 수 있다.

한때《해리포터》시리즈와《반지의 제왕》시리즈 등이 전 세계 어린이를 사로잡으며 거대한 열풍을 일으켰다. 어른들이 보기에는 황당한 이야기로 보일지 모르지만 아이들은 이야기와 영화에 몰입하고 열광했다. 이런 현상은 만화책을 보는 아이들의 모습에서도 발견된다. 왜 아이들은 이런 것들에 정신을 못 차릴까? 그것은 이야기가 죽은 글자로 그려지지 않고 생동감 있는 사실적인 그림으로 그려졌기 때문이다. 이런 소설이나 만화들은 아이들의 상상력을 자극하여 소설 속 이야기를 머릿속에 그림으로 그리게 한다. 그러면 아이들은 상상의 날개를 달고 그 소설 속으로, 만화 속으로 들어가게 된다. 성경 이야기를 지루하게 만드는 것은 설교자들의 상상력 부재며, 성경말씀을 그림으로 그려 주는 듯한 그림 언어의 능력이 미약하기 때문이다.

블렉우드는 "보수적인 설교에서 가장 결여된 것이 상상력"이라고 지적했다. 그리고 그는 "설교자는 성경을 이해하며 또 그 가운데서 설교를 만드는 자료를 얻기 위해 자기의 상상력을 사용해야 한다. 이것은 마치 미켈란젤로가 하나의 대리석 덩이를 놓고 그 속에서 자기가 새길 천사의 모습을 보는 것과 같다. 설교자는 서재에서는 저자가 본 것을 스스로 보며 또한 강단에서는 회중이 그것을 보도록 도와주는 사람"이라고 설명하면서 설교자에게 가장 중요한 능력을 "볼 수 있는 능력", 즉 상상력임을 학문적으로 드러내는 데 큰 공헌을 했다.[18]

이제 다음세대들은 지루한 잔소리와 같은 설교 방식에 흥미를 느끼지 않는다.

그렇기 때문에 아이들에게 생동감 있는 설교, 감동적이며 재미있는 설교를 하고자 하는 어린이 전문 설교자는 상상력의 파워를 하루 빨리 깨닫고 그 능력을 계발시켜야 한다.

무디의 설교 능력의 원천을 아는가? 한 설교학 권위자는 무디 설교의 능력을 이렇게 표현했다. "무디, 그는 '듣는 사람의 상상에 호소할 줄' 아는 사람이다." 부흥의 위대한 역사에 쓰임 받은 무디, 그리고 어린이 사역에 엄청난 공헌을 한 무디, 그는 상상력을 자유로이 활용할 줄 아는 설교자였기에 역사적인 사역자가 될 수 있었던 것이다. 상상력은 누구에게나 주어지는 것이 아니다. 이것 역시 훈련해야 커진다.

따라서 상상력을 증진시키기 위해서는, 첫째, 성경을 많이 읽고 자주 묵상해야 한다. 둘째, 다양한 책을 꾸준히 독서해야 한다. 셋째, 성경을 읽을 때 상상력을 동원하여 머릿속에 영화나 그림을 그리듯 읽는 습관을 훈련해야 한다. 넷째, 일기 등 글쓰기를 하면서 상상력을 연마해 나가면 큰 효과를 볼 수 있다.

"다전설이여! 상상력의 파워로 다음세대 마음의 화랑에 말씀을 그려 넣자. 그리하면 절대로 그 아이는 주님 곁을 떠나지 않을 것이다."

3. 그림 언어 에너지로 내공을 쌓아라

1942년 당시 미국에서는 76억 원어치의 산업이었던 사슴 사냥이 엄청난 호황을 누렸다. 때문에 사슴 사냥철에는 사냥 장식품 산업이 번성했지만 그에 반해 사슴들은 계속 사라져 갔다. 사냥이라는 것이 남성다움을 드러내고 쾌감 있는 스포츠의 일종으로 인식하는 사람들에 의해서 점점 더 사슴 사냥이 번졌기 때문이다. 바로 그 즈음 사슴 사냥하는 사람들의 마음과 태도를 단숨에 바꾸어 버린 한 사람이 있었다. 바로 '월트 디즈니'였다. 디즈니가 그린 '밤비'라는 만화영화가 사람들의 생각을 바꾸어 놓은 것이다.

숲 속에서 가족들의 축복을 받으며 태어난 아기사슴 '밤비'는 엄마의 극진한 사랑과 이웃의 보호를 받으며 성장해 간다. 그러던 어느 날, 밤비와 함께 길을 가던 엄마사슴이 사냥꾼이 쏜 총에 맞는다. 죽어 가는 엄마를 바라보는 밤비의 애달픈 눈망울을 본 사람들은 변화하기 시작했다. 사람들이 사슴 사냥을 그만두기 시작한 것이다. 엄마사슴의 마지막 모습을 처량하게 바라보던 밤비의 눈망울이 선연히 떠올라 차마 총을 쏠 수 없었던 것이다. 결국, 디즈니의 그림 언어가 사슴 사냥을 즐기던 남성들 마음의 장벽을 무너뜨렸고, 이로 인해 사슴 사냥 산업이 파산 지경에 이르렀다.

그림 언어의 파워는 이뿐 아니라 역사적인 사건 속에서도 찾아볼 수 있다. 노예제도를 폐지하기 위해 일어났던 남북전쟁은 미국의 아주 중요한 역사다. 물론 남북전쟁이 일어나기 전에도 노예제도 찬반 및 여러 가지 인권문제에 대한 논의는 있었지만, 논쟁만 벌이다 지지부진하게 끝나곤 했다. 그런데 남북전쟁이 일어날 수밖에 없었던 불가피한 요소가 있었다. 바로 그림 언어를 사용한 소설《엉클 톰슨 캐빈》, 즉 '톰 아저씨의 오막살이'였다.

스토 부인이 쓴 이 책이 미국의 흑인을 해방시키는 데 큰 자극제 역할을 했던 것이다. 사랑하는 딸의 죽음, 그리고 이별을 통해 아픔을 겪은 스토우 부인은 흑인 노예들을 보면서 그들의 아픔을 공감했다. 그 사건을 통해 서로 다른 곳에 팔려 가 생이별을 겪는 부모 자식 간의 슬픔과 애통하는 마음을 잘 묘사해서 당시 미국 사람들의 양심을 일깨웠다. 이 일을 계기로 미국에서 양심운동이 일어나 노예해방 각성을 하게 되었고, 에이브러햄 링컨이 이를 단행한 것이다. 그만큼 그림 언어의 힘은 강력하다.

그림 언어는 사람의 생각과 느낌을 동시에 끌어들임으로써 사람의 주의를 사로잡는 힘이 있다. 또한 그림 언어는 사람의 정서를 활성화시켜 적극적인 방향으로 유도할 수 있는 파워가 있다. 이 정서적 그림 언어란 대화의 도구로, 내용이나 대상을 사용하여 상대방의 감정과 지성을 동시에 활동시킨다. 그렇게 함으로써 상대방은 우리의 말을 단순히 들을 뿐 아니라 경험하는 것이다.[19]

대부분의 사람이 경험했을 것이다. 재미있는 소설을 읽을 때와 백과사전을 읽을 때의 차이를 말이다. 소설이 훨씬 빨리 읽히고 지루하지 않으며 오래 지나도 생생하게 기억된다. 이는 그림 언어를 들을 때, 종래에 쓰던 말을 들을 때보다 우리 두뇌가 훨씬 빠르게 회전하고 에너지도 훨씬 더 많이 소모되기 때문이다.

그런데 이 그림 언어의 탁월한 달인을 알고 있다. 바로 예수님이시다. '우리의 진정한 이웃이 누구입니까?'에 대해서 예수님은 논리적이고 명제적으로 진술하지 않고, '사마리아인 이야기'를 들려주신다.

"어떤 사람이 예루살렘에서 여리고로 내려가다가 강도를 만나매 강도들이 그 옷을 벗기고 때려 거의 죽은 것을 버리고 갔더라 마침 한 제사장이 그 길로 내려가다가 그를 보고 피하여 지나가고 또 이와 같이 한 레위인도 그곳에 이르러 그를 보고 피하여 지나가되 어떤 사마리아 사람은 여행하는 중 거기 이르러 그를 보고 불쌍히 여겨 가까이 가서 기름과 포도주를 그 상처에 붓고 싸매고 자기 짐승에 태워 주막으로 데리고 가서 돌보아 주니라 그 이튿날 그가 주막 주인에게 데나리온 둘을 내어 주며 이르되 이 사람을 돌보아 주라 비용이 더 들면 내가 돌아올 때에 갚으리라 하였으니 네 생각에는 이 세 사람 중에 누가 강도 만난 자의 이웃이 되겠느냐." ✝ 눅10: 30~36

이뿐만이 아니다. 예수님은 "하나님께서는 당신을 보호하시고 지켜 주실 것입니다"라고 말씀하지 않으셨다.

"공중의 새를 보라 심지도 않고 거두지도 않고 창고에 모아들이지도 아니하되 너희 하늘 아버지께서 기르시나니 너희는 이것들보다 귀하지 아니하냐 너희 중에 누가 염려함으로 그 키를 한 자라도 더할 수 있겠느냐 또 너희가 어찌 의복을 위하여 염려하느냐 들의 백합화가 어떻게 자라는가 생각하여 보라 수고도 아니하고 길쌈도 아니하느니라 그러나 내가 너희에게 말하노니 솔로몬의 모든 영광으로도 입은 것이 이 꽃 하나만 같지 못하였느니라 오늘 있다가 내일 아궁이에 던져지는 들풀도 하나님이 이렇게 입히시거든 하물며 너희일까보냐 믿음이 작은 자들아 그러므로 염려하여 이르기를 무엇을 먹을까 무엇을 마실까 무엇을 입을까 하지 말라 이는 다 이방인들이 구하는 것이라 너희 하늘 아버지께서 이 모든 것이 너희에게 있어야 할 줄을 아시느니라." ✝ 마6: 26~32

예수님은 말씀을 하실 때 명제적으로 진술하지 않으신다. 그림 언어를 사용해서 탁월하게 가르치신다. 그림 언어를 통해서 감동을 끌어내고, 쉽게 기억하고, 쉽게 실천할 수 있게 해 주셨다. 물론 우리가 지금까지 교육받았던 배경을 생각해 보면 어린이들에게 그림 언어를 사용한다는 것이 쉬운 일은 아니다. 하지만 쉽지 않다고 불가능한 것도 아니다. 예수님의 본을 따라 설교하려면, 먼저 그림 언어를 연마해야 한다. 그리하면 예수님처럼 친근하면서 쉽고 재미있는 설교를 할 수 있다.

그림 언어를 연마하는 방법으로 게리 스맬리와 존 트레트는 7단계를 제시했다. 첫째, 분명한 목적을 세우라. 둘째, 다른 사람의 관심에 대해서 깊이 연구하라. 셋째, 마르지 않는 네 개의 샘에서 끄집어내라. 넷째, 여러분의 이야기를 미리 연습하라. 다섯째, 방심하지 말고 적절한 시간을 택하라. 여섯째, 해 보고 또 해 보라. 일곱째, 여러분의 그림 언어를 힘껏 짜내라.

4. 스토리텔링 에너지로 내공을 쌓아라

스토리텔링(Storytelling)은 '이야기하기'라는 뜻이다. 원래 이 단어는 문학에서 사용됐지만 요즘은 스토리텔링 마케팅, 스토리텔링 광고, 스토리텔링 교육 등 다양한 분야에서 새롭게 활용되고 있다. 기존의 기법에 스토리텔링을 입혔다는 뜻이다. 철학자 사르트르 역시 "인간은 세상사 모든 것을 이야기를 통해 이해한다"라고 말할 정도로 스토리텔링은 중요하며 현대에 와서는 더욱 그 진가를 인정받고 각광받고 있다.

스토리텔러(Storyteller)란 '이야기를 잘하는 사람', 즉 '이야기꾼'이라는 뜻이다. 유럽 중세 시대에 성을 돌아다니며 시나 이야기를 들려주던 음유시인들도 스토리텔러라고 할 수 있다. 그러나 젠슨 교수가 밝힌 대로 놀랍게도 초기 이스라엘 백성은 모두가 스토리텔러였다고 한다. 그 당시 성경 해석학이란 "스토리로 사

고"하는 해석이었다고 한다.[20]

이처럼 스토리로 사고하는 훈련으로 이 시대의 참다운 스토리텔러가 되어야 할 사람이 있다. 바로 다전설들이다. 그러므로 다전설에게는 스토리텔링의 내공이 쌓여야 한다.

이성희 목사는 현대 청중의 특징을 분석하면서 "현대인들은 자신이 이해하기 쉬운 말에 집중하려는 경향이 강하며, 신경을 곤두세워야 하는 청취 활동은 피하려는 성향이 점점 만연하고 있다. 따라서 심각하고 의미 있는 이야기보다는 재미있고 흥미 있는 이야기에 관심을 더 보인다. 이제는 신세대뿐 아니라 기성세대에서도 동일한 분위기가 나타난다. 이런 현대의 청중에 대한 분석이 타당하다면 이전에는 전통적 설교자들의 카리스마적인 웅변가형의 모습이 어울렸지만 이제는 이야기꾼과 같은 설교자가 필요한 시대가 되었다"라고 미래 목회를 예견했다.[21]

그런데 이런 경향은 어린이들에게는 이미 존재하고 있으며 분명히 드러나는 것이 현실이다. 이러한 시대적 경향과 아이들의 특질을 고려한 설교 방법은 어떤 것이 있을까? 어린이들에게 상상의 날개를 달아 줄 수 있으며, 또한 자연스럽게 그림 언어를 사용하고 그 효과를 최대화 할 수 있는 설교 방법이 과연 있을까? 있다. 상상력과 그림 언어의 파워를 담아낼 수 있는 가장 확실한 설교 방식은 스토리텔링을 활용하는 것이다.

스토리의 힘을 가장 잘 아는 분은 하나님이시다. 성경을 보면 〈창세기〉, 〈출애굽기〉, 〈레위기〉, 〈민수기〉 등 구약의 대부분이 스토리로 구성되어 있음을 알 수 있다. 구약뿐 아니라 신약도 마찬가지다. 그레디 데이비스(H. Grady Davis)는 "신약의 복음서를 펼쳐 보면 그중에 10분의 1이 교리에 관한 내용이고, 10분의 9는 이야기로 구성되어 있다"고 주장하면서 복음서는 그 중심 개념을 주로 이야기(Story told)로 전하고 있음을 밝혔다. 이 말은 복음서의 핵심적인 내용은 스토리로 전개됨을 암시해 준다. 예수님도 스토리를 통해서 하나님 나라를 설명하셨다. 제자들도 스토리를 통해서 복음을 증거했다. 초대교회는 말 그대로 스토리 공동체, 이야기 공동체였다. 복음과 교회는 본질적으로 이야기 전통 속에서 생성되었다고 할 수 있다.

그런데 현대에 와서 스토리를 통한 설교가 많이 사라진 것 같다. 그 이유가 무엇일까? 그 원인을 찾아 역사적으로 거슬러 올라가면 '어거스틴'을 만날 수 있다. 수사학을 공부했던 어거스틴은 회심하면서 교회에 여러 가지 공헌을 했다. 그중에서도 수사학과 논리적인 전개 방식의 설교는 지금까지도 설교자들에게 큰 영향을 끼치고 있다. 이성을 중시했던 당시의 시대 배경에 그의 설교가 수많은 청중에게 잘 어필됐던 것이다. 수많은 사람이 어거스틴을 닮으려고 노력했을 것이다. 대설교가가 등장하면 그를 모델로 삼고 좋아가려는 수많은 설교자가 나타나기 마련이다. 그런 영향으로 어거스틴의 수사학적 설교, 논리적 설교가 교회에 정통적인 설교처럼 자리를 잡게 됐다.

그러나 잊지 말아야 할 것은, 21세기는 논리와 이성이 지배하는 시대가 아닌 감성시대라는 점이다. 특히 요즘 아이들은 감성을 아주 중요하게 생각한다. 더구나 우리 민족의 민족성도 논리적이지 않고, 지극히 감성적이다. 그러므로 21세기 감성세대에 어필하기 위해서는 논리적인 전개보다 그들의 감성을 잘 자극하고 드러낼 수 있는 스토리텔링이 시대적인 요청을 잘 받아들인 설교라 말할 수 있다. 그래서인지 북미 쪽에서는 지난 30년 동안 북미의 교회를 중심으로 '새로운 설교학'(The New Homiletics) 운동이 일어나 현대 설교학의 새로운 흐름으로 발전하고 있다.[22]

이야기만큼 사람에게 역동적으로 영향을 행사하는 것은 없다. 이야기는 듣는 사람에게 스스로 생각할 수 있는 시간적, 공간적 여유를 준다. 그리고 듣는 사람의 마음속에서 살아 숨 쉬고 발전하며 성장한다. 좋은 이야기는 자생력을 가지고 있기 때문에 청중의 마음속에 살아 숨 쉬게 하려고 일부러 애쓸 필요도 없다. 이야기 속에 들어 있는 주인공, 조연, 멋진 배경 등은 청중의 마음속에서 저절로 살아 움직이기 때문이다.[23]

이연길 목사는 《이야기 설교학》에서 스토리로서의 이야기와 내러티브로서의 이야기를 구분하여 설명하면서 성경 이야기의 특징은 내러티브적이라고 했다. 설교학적 의미에서 스토리로서의 이야기는 "그 성경의 사건을 단순한 이야기체로 만들어서 성경이 내용만을 간결하게 전달하는 것"이라고 했고, 내러티브(Narrative) 설교는 "마치 기자가 취재한 사건을 재구성하듯 구성하여 전달하는 것으로 성경 본문에 감추어져 있는 내용이나 암시된 내용까지 찾아서 본문을 실감나게 재구성하고, 그것을 이야기로 전달하는 것"이라 했다.

또한 《삶의 변화를 이루는 이야기 대화식 성경 연구》의 저자 이대희 목사는 "내러티브는 전체 이야기가 중심적인 주제에 따라 흘러간다는 특징이 있다"고 하면서 "성경은 예수 그리스도라는 내러티브적인 특징을 가지고 있다"고 했다.[24] 이런 의미에서 캐릭터 설교는 내러티브적인 특징을 가진 스토리텔링 방식의 다음세대 설교법이다.

마가복음 12장 37절을 보면 "많은 사람들이 즐겁게 듣더라"고 했다. 표준새번역은 "많은 무리가 예수의 말씀을 기쁘게 들었다"고 했다. 예수님은 백성들을 즐겁게 해 주시면서 설교를 진행하셨다는 것이다. '즐겁게 하다'라는 말은 영어로 'entertain'으로 '장기간 동안 주위를 끌고 계속 사로잡는 것'을 의미한다. 그러므로 다전설들도 예수님의 설교 진행 방식을 본받아야 한다. 예수님은 일반 대중의 문화와 동떨어진 말씀을 하신 적이 없다. 그들의 문화 코드에 최대한 접속하여 말씀을 전하셨다. 또한 탁월한 상상력으로 그림 언어를 사용하셔서서 재미있는 이야기 방식으로 설교를 해 주셨다. 그러므로 남녀노소 모든 사람이 예수님 말씀을 기쁨으로 들을 수 있었던 것이다.

"다전설이여! 탁월한 설교가 예수님을 본받자. 4대 파워 에너지로 내공을 충실히 쌓자. 다음세대들이 그대의 설교를 장시간 주의를 기울여 기쁨으로 듣는 그 행복한 설교 시간이 곧 펼쳐질 것을 그리면서 말이다."

3

다전설,
설교의 핵심 무공을
연마하라

설교의 현장은 치열한 영적 전쟁의 순간이라 할 수 있다. 실로 영적 진 검승부가 이루어지는 중대한 시간이다. 다음세대들에게 설교하는 것을 영적 전 쟁의 시각으로 본다면 물러설 수 없는 전쟁이며, 반드시 승리해야 할 전쟁이다. 이 토록 중대한 사명 때문에 다음세대 관련 사역을 하는 모든 사역자는 다전설이 되 어야 한다. 영적 전쟁의 전설적 고수로 불릴 만한 다음세대 사역자가 되려면 설교 의 어떤 핵심적 수련 과정을 연마해야 할까?

일반적으로 전쟁에서 승리하기 위해 가장 중요하게 여기는 것 중의 하나가 '교 두보(Bridgehead)를 확보하는 것이다. 침략하기 위한 발판을 잘 다져야 전쟁의 승 리를 잡을 수 있기 때문이다. 영적 전쟁인 설교에서도 교두보, 즉 거점을 확보하는 것은 무척이나 중요한 싸움의 기술이다. 그래서 설교에서 4대 파워 에너지를 잘

흡수, 충전하고, 네 가지 핵심 무공에 따라 발판을 잘 다져야 아이들을 사로잡는 설교가 가능하다. 캐릭터 설교에서는 이 네 가지 핵심 무공이 각각 무엇이며, 그 거점을 어떤 방법에 의해 점령해 나가야 할지를 제시한다.

1. 귀를 사로잡는 설교 무공을 연마하라

다음세대 전문 설교자들은 영적 전쟁인 설교 시간에 다음세대들의 어디를 사로잡아야 하는가? 성경은 그 해답을 주고 있다. 로마서 10장 17절을 보면 "믿음은 들음에서 나며 들음은 그리스도의 말씀으로 말미암았느니라"고 했다. 그러므로 하나님 말씀을 듣지 않으면 어린 영혼에게 믿음의 사건은 일어나지 않는다. 그만큼 듣는 귀가 중요하다. 어린 영혼을 사로잡는 첫걸음이 바로 아이들의 귀를 사로잡는 것이다. 그래야 아이들을 천국 백성으로 삼을 수 있을 뿐 아니라 믿음의 영웅으로 키울 수 있다.

설교자가 전하는 말씀이 아이들 귀에 쏙쏙 들어오기만 한다면 그 아이들은 반드시 믿음의 멋진 일꾼들로 자라날 것이다. 그렇다면 아이들의 귀를 단숨에 사로잡는 데 좋은 방법은 무엇일까?

캘리포니아의 한 대학에서 실시한 연구에 따르면 '의사전달자가 어떻게 소리를 내느냐'(음조의 변화, 높낮이, 다양한 목소리, 강세, 힘주어 말함)가 메시지의 38%를 전달하고, 청중이 보는 것에 의해 55%가 전달된다고 한다. 여기에는 의사전달자의 외모, 몸짓, 움직임, 시청각 자료 등이 포함되는데, 단지 7%만이 용어 자체에 의해 전달된다는 연구 결과를 봐도 알 수 있듯이[25] 어린이 전문 설교자를 꿈꾸는 사람이라면 꼭 기억해야 할 것이 있다.

어린이들은 말만 듣는 것이 아니라, 설교자의 목소리도 듣는다. 어린이들은 설교의 내용을 따라오는 만큼이나 목소리에 따라 주의를 기울인다. 그러므로 어린이들의 주의를 붙잡고 설교를 듣게 하려면 목소리를 다양하게 사용하는 것이 효과적이라는 사실이다.[26]

그렇다면 하나님이 인간에게만 주신 다양한 목소리 훈련을 통해 어린이들의 귀를 사로잡을 수 있는 가장 탁월한 방식은 무엇일까? 그 비법으로 캐릭터 설교에서 제안하고 또한 적극 활용할 것을 권하는 방법은 구연동화법이다.

할머니 품속에서 들었던 옛날이야기가 21세기 첨단 과학의 시대, 인터넷 시대에도 여전히 사랑받고 있다. 예나 지금이나 아이들이 구연동화를 좋아하는 이유는 이야기 속으로 푹 빠져들게 하는 매력이 있기 때문이다. 따라서 캐릭터 설교는 요술 피리같이 아이들의 귀를 사로잡는 효과적인 도구인 구연동화법을 적극 활용한다.

목소리의 크기, 속도, 음색에 변화를 줄 때 아이들은 설교를 지루하게 느끼지 않는다. 목소리의 높고 낮음과 길고 짧음 그리고 다양한 구연동화적 음색은 청중에게 신선함을 주고 호기심을 불러일으킨다. 그런데 구연법은 생각처럼 잘 되지 않는다. 훈련과 연습이 수반되어야 한다. 나 역시 일정 기간 구연동화 전문 단체의 전문가에게 구연법을 배웠고, 구연동화대회에서 우수상을 받기도 했으나 가끔씩 내가 하는 구연이 어색하게 느껴져 설교에 집중하지 못할 때도 있었다.

오직 배우고, 익히고, 훈련하고 연습하자. 그러면 어느새 설교에 잘 집중하지 못하는 아이들도 변화무쌍한 목소리를 듣지 않고는 배길 수 없어, 어느새 열렬한 다전설의 팬들로 변화될 것이다.

2. 눈을 사로잡는 설교 무공을 연마하라

앞에서 아이들의 귀를 사로잡는 방법에 관하여 설명했다. 그런데 그들의 귀가 설교자에게 사로잡혀 있는지 어떻게 알 수 있을까? 아이들의 눈이 어디를 향해 있는지를 보면 된다. 모든 아이가 설교자를 응시하며 숨죽이고 있다면 그 설교는 "대박!"이다. 그런데 많은 아이가 설교자가 아닌 다른 곳을 보고 있다면 그 설교는 "헐!"이다.

아이들의 눈은 깨끗한 거울과도 같다. 그만큼 아이들의 눈은 거짓말을 못한다. 다음세대 사역자가 분명히 기억해야 할 것은 어린아이일수록 보지 않는 것은 듣지 않는 것이라고 판단해도 좋다는 것이다. 그러므로 아이들의 시선을 잡지 못하면 설교는 결코 성공할 수 없다. 어린이 설교의 관건은 눈에 달려 있다 해도 과언이 아니다.

사람은 누구나, 특히 어린아이일수록 말의 내용보다 그림을 더 잘 기억한다. 수많은 연구 결과, 시각적 영상은 오랜 시간이 지난 뒤에도 85~99%가 정확하게 기억된다고 한다. 이름은 기억하지 못하지만 얼굴을 보면 알아보는 사람처럼 말이다. 우리의 두뇌는 한 시간에 3만 6천 개의 시각적 영상을 무의식적으로 입력할 수 있다고 한다. 정말 대단한 양이지 않은가![27]

그래서 인간은 오감을 통해 학습을 하지만 시각적으로 그 학습이 이루어지는 경우가 75%라고 하니 눈은 반드시 잡아야 할 영적 전쟁의 교두보다. 이것은 눈에서 뇌로 가는 신경이 귀에서 뇌로 가는 신경보다 20배가 넓다는 말에서 확인할 수 있다. 그렇기 때문에 100번 들려주는 것보다 1번 보여 주는 것이 확실한 교육 효과를 가져올 수 있다.[28]

또한 한 연구자에 의하면 시각 자료를 사용하지 않고 말로만 설명할 경우, 학습

자는 3시간 후에는 들은 내용의 70%를 기억하고, 3일 후에는 10%밖에 기억하지 못했다고 한다. 반면 시각만을 사용할 경우에는 3시간 후와 3일 후의 기억률은 각각 72%와 20%였다고 한다. 그러나 말과 시각 자료를 병행할 경우의 기억률은 각각 85%와 60%가 되었다고 한다.[29] 따라서 눈을 사로잡는 과정은 설교의 집중과 기억에 절대적인 요인으로서 반드시 다전설은 다음세대의 눈을 사로잡는 것을 소홀히 하면 안 된다.

그럼 어떻게 아이들의 눈을 점령할 수 있을까? 설교의 영적 전쟁에서 눈을 공략하여 확고한 교두보로 만드는 것이 중요하다면 캐릭터 설교법에서는 눈을 사로잡는 비법이 무엇일까? 캐릭터 설교에서는 아이들의 시선을 잡는 비밀 병기를 가지고 있다. 그것은 '캐릭터 인형'이라는 독특한 시청각 자료다. 사실 캐릭터 인형은 시선을 모으는 단순한 시청각 자료의 선을 넘어서 설교의 동역자라고 나는 생각한다. 캐릭터 인형은 단순한 정보 전달을 위한 시청각 자료를 넘어서 청중과 감정을 교감하며 공감을 일으켜 내는 놀라운 능력을 가지고 있기 때문이다. 그만큼 어린이 설교에 유용한 도구가 캐릭터 인형이다.

세일즈 전문가들은 자신들의 가장 강력한 도구인 시청각 자료 없이는 사람들을 설득시키려고 시도하지 않는다고 한다. 왜냐하면 그들은 80% 이상의 사람들이 보는 것을 통해 배운다는 사실을 경험적으로 체득하고 있기 때문이다. 캐릭터 설교는 아이들의 눈을 사로잡아 자연스럽게 말씀에 집중하도록 유도하며 공감대를 형성하여 재미있게 설득하는 탁월한 설교의 비밀 무기인 캐릭터 인형을 적극 활용하는 설교법이다.

3. 영혼을 사로잡는 설교 무공을 연마하라

다음세대 전문 설교자들이 귀를 사로잡기 위해 구연동화법을 사용하고, 눈을 공략하기 위해 캐릭터 인형을 활용하여 설교하는 이 모든 과정은 무엇을 얻기 위한 것일까? 우리가 설교를 통해 얻고자 하는 목적은 무엇인가? 그것은 구연동화를 잘해서 인기를 얻고자 함도 아니요, 독특한 시청각 자료를 통해 아이들의 호기심을 사려는 것도 아니다. 캐릭터 설교의 궁극적인 목적은 오로지 '어린 영혼'을 얻는 데 있다.

그렇다면 어린 영혼을 얻는 가장 확실한 방법은 무엇일까? 그 어린 영혼을 하나님의 사람으로 변화시킬 수 있는 유일한 힘은 '진리의 힘, 메시지의 힘'이다. 즉 강력한 메시지를 통해서 어린 영혼들을 사로잡을 수 있다는 것이다. 캐릭터 설교는 구연동화법이나 캐릭터 인형 등을 사용하지만, 영혼을 꿰뚫는 말씀으로 아이들을 사로잡는 데 초점이 맞추어져 있다. 구연동화도, 캐릭터 인형도 영혼을 사로잡기 위한 보조 도구일 뿐이다. 우리는 캐릭터 설교를 통해서 오직 그 영혼을 얻는 것에 모든 관심을 기울여야 한다. 그럼 영혼을 사로잡는 메시지는 어떻게 하면 가능할까?

본《캐릭터 설교》는 다음세대의 영혼을 사로잡는 방법으로 '강력한 메시지를 활용하라'고 제안한다. 여기서 '강력한 메시지'란 집중력 있는 메시지를 의미한다. 설교 주제를 하나로 집약하여 집중적으로 전달할 때 메시지가 강력해지기 때문이다. "작은 땅에 너무 많은 씨를 심으면 큰 수확을 거둘 수 없다"는 말이 있듯이 어린아이들에게 너무 많은 주제로 설교하는 것은 그만큼 비효과적이다.

전미 최고의 명강사로 소개되는 더그 스티븐슨은 전문 연설가로 활동하면서 얻은 교훈을 이렇게 말했다. "청중은 전체 연설에서 두 가지 이상의 메시지를 기억하는 일이 거의 없다."[30] 어른들도 전문 강사의 강연에서 한 가지 혹은 많아야 두 가지 정도만 자신에게 의미 있는 메시지로 기억하는데 다음세대들의 상황은 말하지 않아도 알 수 있다.

날카로운 송곳은 모든 무게가 송곳날에 집중되기 때문에 물건을 관통할 수 있다. 날이 무딘 송곳, 즉 날 끝이 한 포인트에 무게가 집중되지 않고 그 중심이 분산된 송곳은 물건을 결코 뚫을 수 없다. 이와 같이 어린이들의 마음을 관통하여 그 영혼을 사로잡는 설교를 하기 위해서는 집중력 있는 강력한 메시지를 선포할 줄 알아야 한다.

4. 기억을 사로잡는 설교 무공을 연마하라

설교자가 말씀을 전하는 내내 아이들이 웃고 재미있어 했다고 가정해 보자. 설교에 대한 아이들의 반응이 좋다고 해서 설교의 목적을 달성했다고 말할 수 있을까? 진정한 설교의 목적은 어린 영혼이 복음을 받아들이고 그들의 삶이 지속적으로 변화하도록 돕는 것이다. 그렇게 하기 위해서는 무엇보다도 아이들이 받아들인 말씀을 기억하는 것이 중요하다.

콜만(L.E.Coleman)이 말한 것처럼 기독교 교육이란 "말씀에 근거하여 예수 그리스도를 중심에 두고 있는 의식 전달 과정이며, 사람들이 변화된 삶으로 헌신하도록 인도하려는 목적에 전념하는 일"이다. 설교는 기독교 교육의 핵심적 사역으로, 그 목적은 설교를 들은 다음세대들 삶의 변화에 있어야 한다.

그런데 정작 우리의 현실은 어떠한가? 가끔 지난주 설교 제목이 무엇이었는지 물어보는 경우가 있지 않은가? 아마도 대부분의 교회가 동일한 모습일 것이다.

간혹 한두 명의 아이가 지난주 설교 제목을 맞추기라도 하면 설교자는 반색하고, 입가에 환한 미소를 지으며 상을 주지 않겠는가? 왜 상을 주는가? 아무나 할 수 없는 기억(?)을 했기 때문에 칭찬하는 것이다. 그러나 조금만 깊이 생각해 보면 이런 대부분의 교회 주일학교 풍경은 참으로 서글픈 현상이 아닐 수 없다. 아이들이 지난주 설교 제목을 모른다는 것은 단순한 기억력의 문제를 드러내는 것이 아니다. 그것은 일주일 동안 단 한 번도 그 주에 들은 설교를 떠올리며 살지 않았다는 것이다. 주일날 들은 말씀을 그들의 삶에 단 한 번도 적용해 보지 않고 교회에 왔다는 것을 의미한다. 그러므로 설교자의 설교를 기억하지 못하는 현상은 아주 위태로운 현상이다. 그 아이 개인뿐 아니라 교회적으로도 그리고 설교하는 설교자에게도 말이다.

우리가 다음세대 전문 설교자가 되자고 결단하고 연단받아야 할 이유가 바로 여기에 있다. 나의 설교를 들은 대상이 나의 설교를 통해 변화되지 않는다면 나의 설교 사역은 도대체 어떤 의미를 가질 수 있겠는가? 아니 변화는 고사하고 그 설교가 단 일주일도 기억될 수조차 없는 힘없는 설교라면 나는 계속 설교를 해야 할 사람인가를 심각하게 물어야 하지 않을까? 그러므로 설교를 구상할 때 반드시 다음세대의 머릿속에 어떻게 설교를 기억시킬 것인가를 고민해야 한다.

4

다전설,
설교의 무적 필살기를
습득하라

1. 설교의 필살기는 캐릭터

어느 누구도 아무렇게나 이름을 짓지 않는다. 교회를 지을 때도, 자기 아기의 이름을 지을 때도 마찬가지다. 의미와 생각을 담아서 이름을 짓는 것이 상례다. 나 역시 나만의 설교법에 '캐릭터 설교'라고 이름을 붙인 이유가 있다. 캐릭터 설교의 핵심 코드는 캐릭터로서 내 설교의 핵심 축이요, 메인 아이디어가 바로 캐릭터라는 것을 드러내기 위해서였다.

어떤 사람들은 '캐릭터 설교' 하면 '캐릭터 인형을 쓰고 설교하는 것인가?' 혹은 '캐릭터 인형으로 인형극하듯 설교하는 것인가?'라고 단순하게 생각한다. 그러나 캐릭터 설교가 단순히 캐릭터 인형을 들고 설교하는 거라면 인형 시청각 설교쯤으로 생각하여 신선하거나 의미 있는 설교법으로 인정하지 않았을 것이다.

캐릭터 설교는 다른 설교법과 달리 캐릭터를 창작하고 활용하는 데 있다. 즉 설교 본문의 내용에서 캐릭터를 찾고 발견하여 다음세대 설교에 신선함과 새로운 통찰력을 불러일으키고 재미와 흥미를 배가시킬 수 있는 설교법이 캐릭터 설교법이다.

시나리오 작가들이 시나리오를 쓸 때, 캐릭터 설정이 매우 중요하다고 한다. 캐릭터가 스토리를 끌고 나가는 원천적 힘이기 때문이다. 그래서 캐릭터 하나만 잘 만들면 시나리오의 절반 정도가 완성된 것과 같다고 말한다.[31] 이렇듯 캐릭터는 사건을 이끌어 가는 힘을 가지고 있다. 강력한 캐릭터가 강력한 이야기를 그리고 강력한 주제를 이끌어 갈 수 있다. 문학 작품이나 영화 등에 등장하는 캐릭터가 아이들을 사로잡는 이유 중 하나는 그 캐릭터에 자신을 투영시키고 일체감을 느끼는 동일화 기제가 강하게 발동하기 때문이라고 한다.[32]

캐릭터 설교 역시 일반적인 방식으로 이야기를 전개하지 않고 성경 본문 속에서 캐릭터를 창작해서 마치 살아 있는 인물처럼 성경 이야기를 이끌어 가게 하여, 아이들과 공감을 이루고, 흥미진진한 이야기 구조를 만들어 가는 설교 방식이다. 붕어빵에는 붕어가 없지만 캐릭터 설교에는 캐릭터가 가장 중요한 요소인 만큼 캐릭터 창작 스킬을 익히는 것은 다전설에게 반드시 익혀야 할 설교 무공(武功)의 핵심이다.

2. 캐릭터 윙크의 탄생

"성경을 캐릭터로 보고 그 캐릭터로 성경을 이야기하라"는 말이 무슨 의미인지 설명하기 위해 내가 캐릭터 설교에 눈을 뜨게 되었던 계기를 이야기하고자 한다.

나는 전도사 시절 유치원에서 동화 선생님으로 아르바이트를 한 적이 있다. 그 일이 어느 정도 익숙해져 갈 무렵, 요셉을 동화로 각색하여 들려주던 중 개인적인 고민이 생겼다. 요셉 이야기 속에 나오는 보디발의 아내를 '어떻게 유치원 아이들에게 재미있게 이해시킬까?'였다.

초등학교 고학년이면 아마 보디발의 아내를 유혹하는 여자, 혹은 섹시한 여자로 생각할 수 있다. 그러나 5~7세 유치원 아이들에게 보디발의 아내는 그저 옆집 아줌마와 별반 다를 것이 없는 표현이었다. 따라서 보디발의 아내를 보다 생생하고 재미있게 또한 그냥 보고 듣기만 해도 그 인물의 특징을 단번에 알 수 있게 아이들에게 전할 수 없는지 계속 고민하게 되었다.

그러던 중 기도하는 마음으로 보디발의 아내가 나오는 성경 본문을 읽고 또 읽었다. 그리고 성경의 한 구절이 내 눈에 들어왔다. "그 후에 그의 주인의 아내가 요셉에게 눈짓하다가 동침하기를 청하니"라는 창세기 39장 7절이었다. 이 구절을 보면 보디발 아내의 행동과 마음을 알 수 있는 그래서 그녀의 캐릭터로 잡을 수 있는 표현이 있다. 바로 '눈짓하다'라는 말이다. 성경 속의 '눈짓하다'를 현대적인 용어로, 유치원 아이들도 이해할 수 있는 단어로 바꾼다면 무엇이 되겠는가? '윙크'가 떠오르지 않는가? 그래서 필자 역시 보디발의 아내를 '윙크'라는 캐릭터로 결정하고 귀여우면서 좀 섹시한(?) 느낌의 윙크하는 여인을 인형으로 제작하여 유치원 구연동화 시간에 시연을 했다.

그런데 아이들의 반응이 폭발적이었다. "윙크 나와라" 하는 순간 소리를 지르고 좋아하면서 정말 재미있게 동화를 듣는 것이다. 내가 신기해서 "친구들은 언제 윙크해요? 윙크해 봤어요?"라고 묻자 한 아이가 까르르 웃으면서 "좋아하는 아이에게 하는 거예요"라고 대답하는 것이 아니겠는가! 그래서 온 교실이 웃음바다가 되었다. 아이들은 윙크의 출현으로 상상의 날개를 달고 성경 이야기 속으로 들어

갔다. 그리고 자신들이 느끼는 윙크하는 감정을 그대로 캐릭터 윙크의 행동으로 대입시켜 '아, 윙크가 요셉에게 저렇게 했구나' 하며 마음속에 저절로 상황을 이해했다. 그러면서 아이들은 성경 이야기에 재미를 느끼고 이야기의 흐름을 따라갔다. 아이들은 보디발의 아내 윙크와 요셉의 관계를 통해서 진행되는 이야기에 흠뻑 빠진 것이었다.

3. 성경 속 캐릭터는 무적의 필살기

캐릭터 설교에는 아주 독특하면서도 효과적인 방식이 있다. 바로 성경 이야기 속에서 캐릭터를 살려서 무적의 필살기처럼 활용하는 것이다. 캐릭터로 설교하는 이 설교법의 매력을 피부로 확연히 느낄 수 있었던 에피소드가 하나 있다.

어느 주일날, 아이들 앞에서 막 설교를 시작하려던 때였다. "오늘은 주인과 종의 이야기를 해 줄 거예요. 이 주인에게는 종이 세 명 있었어요. 주인이 먼 나라로 떠나면서 세 종에게…." 이야기 도입부분을 말한 지 채 1분 30초도 지나지 않았는데, 뒤에서 똑똑한 장난꾸러기 한 명이 큰 소리로 "전도사님!" 하며 손을 들고 일어서는 것이다. "전도사님, 그 이야기 제가 알아요. 첫째 종, 둘째 종, 셋째 종에게 주인이 뭐를 주었는데 셋째 종은 아무것도 남기지 못해서 주인한테 혼났다는 이야기죠?" 설교를 시작한 지 불과 몇 분 만에 이 장난꾸러기 녀석이 설교를 다하고 만 것이다.

이럴 때 어떻게 위기를 멋지게 해결하겠는가? 사실 성경을 많이 아는 아이들은 설교자가 운을 떼기만 하면 무슨 이야기를 할지 추측하거나 다 알아 버린다. 그러니 설교가 재미없는 것은 지극히 당연하다. 그 아이도 이미 초등학교 1학년 때 들은 이야기였다. 이런 위기 상황에서 "조용히 하자! 좀 더 들어 봐"라고 윽박지르겠는가? "아, 그래? 오늘 말씀은 좀 달라! 조금만 들어 봐 줘"라고 아이들에게 사정하겠는가? 아이들은 그 순간부터 딴청을 부리기 시작할 것이다.

그러나 캐릭터 설교로 무장한 나는 그 아이를 환한 웃음으로 바라보며 이렇게 말했다. "야! 너, 진짜 훌륭하다. 그거 어떻게 알았어? 와! 그럼, 한 가지 더 물어볼게. 너 첫째 종의 이름이 뭔지 아니?" 순간, 그 아이는 '이게 무슨 얘기야?'라고 생각하듯 고개를 갸우뚱거렸다. 아이는 이 성경 이야기도 여러 번 들어 봤지만 첫째 종의 이름을 들어 본 적은 한 번도 없다는 표정이었다. 연이어 "아! 그럼 둘째 종의 이름은 뭘까?" 아이는 여전히 난처한 표정이었다. 그리고 또다시 "어? 첫째도 둘째도 기억이 나질 않는다면 그럼 셋째 종의 이름은 최소한 알겠지?" 꾸러기 녀석은 점점 고개를 땅으로 떨어트리고 있었다. "어? 아무도 모르네. 난 뭘 좀 아는 어린인가 했더니. 그럼 조용히 앉아서 오늘 말씀을 잘 들어 봐, 알겠지?" 꾸러기 녀석은 부끄러운 듯 재빨리 자리에 앉았다. 그 후 그 꾸러기는 다시는 손을 들고 아는 척하지 않았다. 오히려 내 설교의 팬이 되어 언제나 초롱초롱한 눈망울로 설교에 집중해 주었고, 내가 반응을 요구할 때는 큰 소리로 대답해 주었다.

캐릭터 설교는 캐릭터의 이름이 가장 핵심적인 부분이기 때문에 아주 중요하다. 나는 첫째 종뿐 아니라 세 명 모두를 캐릭터로 만들어 이름을 짓고 인형도 제작해 나온 상태였다. 궁금해서 눈만 말똥거리는 아이들에게 그 캐릭터들을 소개하기 시작했다.

"첫째 종의 이름은 '소망이'라고 해. 종들의 주인은 예수님을 비유로 말씀하신 건데, 주인이 종들을 떠난 것처럼 예수님도 잠시 이 땅을 떠나 계시다가 다시 주인이 돌아와서 종들을 심판하듯 예수님도 다시 오실 거야. 그것을 재림이라고 하지. 재림하셔서 예수님은 온 세상을 심판하시는 심판의 주님이 되실 거란다. 하지만 예수님이 다시 오실 때까지 예수님의 종들인 우리가 예수님을 기다려야 하는데, 기다리는 것이 쉬운 일이 아니야. 그래서 기다리는 사람에게 반드시 필요한 것이 있지. 그것이 바로 소망이라는 거야. 예수님은 반드시 다시 오실 것이라고 굳게 믿고 기다리는 마음, 소망이 있어야 예수님을 기다릴 수 있지. 그래서 목사님은 첫째 종의 이름을 소망이라고 한 거야. 소망이 있어야 주인님을 기다릴 수 있기 때문이지" 하면서 "소망이 나와라"를 외치게 했다. 소망이 캐릭터 인형은 중성 느낌의 꽃미남 스타일로 만들었다. 그리고 소망이의 직업은 꽃 파는 아이로 설정하여 성경 이야기를 이어 나갔다.

만약 당신이라면 '달란트 비유'로 유명한 이 성경 이야기를 어떤 캐릭터를 창조해서 아주 신선한 설교로 재구성하여 아이들에게 들려줄 수 있겠는가? 나는 둘째 종의 이름은 '씩씩이'라고 했다. "예수님이 다시 오시는 그날까지 세상 속에서 씩씩하고 용감하게 살라"는 의미에서다. 캐릭터 인형은 남자다운 외모에 목소리는 영화 속 캐릭터 터미네이터처럼 아주 굵고 정제된 목소리로 구연했다. 자, 그러면 이 성경 이야기의 클라이맥스인 셋째 종의 이름은 어떻게 지을까? 지금 한번 당신도 셋째 종의 이름을 어떻게 지을지 생각해 보자. 그 종의 캐릭터를 어떻게 설정하면 성경 이야기를 보다 더 재미있고 분명하게 전달할 수 있을지 생각해 보자.

나는 세 번째 종의 이름을 찾기까지 많은 고민을 했다. 캐릭터가 쉽게 잡히는 것은 아니다. 물론 직관적으로 한순간에 아이디어가 떠오를 때도 있지만, 성경 읽기와 생각하기를 반복해야 하는 고된 과정일 때도 많다. 셋째 종이 그랬다. 성경을 벗어나지 않으면서 가장 성경적인 캐릭터를 고안해 내어, 성경의 메시지를 더욱 분명하고 선명하게 드러내 줄 수 있는 캐릭터를 잡는 과정은 참으로 중요한 설교 무공이라 할 수 있다. 설교 무공 중의 무공인 필살기 무공인 것이다.

나는 주인에게 혼나는 문제의 셋째 종의 이름을 이렇게 정했다. 단 한마디로 그의 문제와 잘못을 선명하게 드러내는 '문어'로 지었다. 이름이라고 해서 꼭 명사형이나 형용사형을 사용할 필요는 없다. 동사형이라도 성경 속 그 인물을 가장 잘 드러낼 수 있다면 캐릭터로 아무런 하자가 없다.

물론 성경 속에는 세 명의 종에 대해 아무런 언급이 없다. 그냥 종이라는 신분과 몇 달란트를 남겼다는 이야기 외에는 어떤 것도 말해 주지 않는다. 그래서 나는 성경을 왜곡하거나 벗어나지 않는 범위 내에서 거룩한 상상력을 동원하여 캐릭터를 잡았다. 그리고 그 캐릭터를 인형으로 만들어 아이들에게 보여 줬다. 그랬더니 아이들은 정말 재미있게 설교를 들어주었다. 정말 설교 말씀에 쏙 빠져 버리는 것이 아닌가!

성경 이야기 속에는 수많은 캐릭터가 있다. 그 캐릭터를 잡아 설교해 보자. 그 캐릭터가 당신의 설교 속에 등장하는 순간, 재미없고, 식상하고, 전통적이고, 혹은 너무 뻔하다는 모든 잘못된 편견을 반드시 필(必), 살(殺)할 수 있을 것이다.

4. 고성능 캐릭터 인형의 비밀

어린이 설교에서 시청각 자료의 중요성은 재론의 여지가 없다. 교사라면 너무 기본적인 상식이기 때문이다. 그러나 정작 효과적인 시청각 자료가 있는가 살펴보면 암담할 때가 있다. 10년 전이나 지금이나 달라진 것이 무엇인가 질문해 볼 수밖에 없는 상황이기 때문이다. 가장 일반적으로 많이 사용하는 시청각 자료는 그림 시청각이라 생각한다. 하지만 다루기 쉽고, 언제, 어디서나 할 수 있다는 장점에 비해, 매번 다시 그려야 하고 계속해서 아이디어를 짜내야 한다는 단점이 있다. 융판 자료 역시 그림 자료보다 생동감이 넘쳐 훨씬 좋은 효과가 나타난다. 하지만 이 자료 역시 매번 만들어야 하고, 사야 한다는 것이다. OHP 설교도 마찬가지다. 다루기 쉬운 편에 속하지만 매번 다시 만들어야 하는 동일한 문제가 있다. 만화 시청각 자료는 아이들이 좋아하는 만화를 사용한다는 것 자체만으로도 가장 큰 장점이지만, 역시 만화를 그릴 줄 모르는 사람들에게는 효용성 면에서는 뒤떨어진다. 아이들이 좋아하는 인형 시청각 자료는 효과적인 도구지만 비교적 고가의 비용에 인형극 틀부터 인형 몇 개를 구입해야 하며 그 도구를 사용할 수 있는 시기는 일 년에 한두 번이 고작이다. 그러고는 창고에 고이 모셔 두는 것이 우리의 실정이다.

요즘은 영상세대답게 평면 영상을 통한 파워포인트로 접근하는 시도가 많이 이루어지고 있다. 빠르게 발전하는 이 시대에 적합한 도구지만, 장비가 너무 고가여서 사용 대상이 한정적이다. 또한 파워포인트를 설치했다 하더라도 매번 똑같은 기법을 사용하면 쉽게 식상해진다. 게다가 평면이기 때문에 표현의 한계가 있어서 4차원의 입체적인 생동감을 주지 못한다.

이렇게 시청각 자료들의 장단점을 접하면서 자연스럽게 드는 고민이 있다. '한 번 만들면 계속 재활용이 가능하여 지속적으로 사용할 수 있는 시청각 자료는 없을까? 시청각 자료의 장점들을 통합한 슈퍼 고성능 시청각 자료를 만들 수는 없을까?' 하는 어찌 보면 엉뚱한 상상력이 발동되었다. 필요는 창조의 어머니라고 하지 않았는가? 계속 고민하고 아이디어를 짜내서 고안해 낸 결과물이 '캐릭터 인형'이다.

그러면 본격적으로 캐릭터 인형이 다른 일반 시청각 자료들과 어떤 차별화를 지닌 도구며 진정한 고성능 병기인가를 알아보자.

▶ 모든 시청각 자료의 장점을 합체

캐릭터 인형은 캐릭터의 형상화를 위해 만화적 이미지를 활용한다. 만화영화의 캐릭터나 컴퓨터 게임의 아바타처럼 아이들의 심리에 적합한 캐릭터 인형은 친근감을 주고 상상력을 불러일으키는 효과를 줄 수 있다. 그리고 이 인형 뒷면에 벨크로(단추 대신에 쓰는 접착 테이프)를 사용하여 융판에도 붙일 수 있어서 설교할 때, 캐릭터 인형을 손에 들기도 하고 나머지는 융판 같은 곳에 붙여서 활용할 수 있다. 또한 그림을 그린 이후 코팅을 하는 간단한 작업만으로 캐릭터 인형이 완성되기 때문에 누구나 만들어 사용할 수 있고, 제작 비용도 부담이 없다. 쉽고 간단하게 만들어지지만 캐릭터 인형은 인형 팔의 관절을 움직일 수 있도록 고안했기 때문에 인형의 역동성을 느끼면서 인형극에 빠져들 수 있다.

이렇게 캐릭터 인형이 탄생된 것이다. 요약하면 아래와 같은 각 시청각의 장점이 합체된 것이다.

> 쉬운 그림 시청각 자료 + 보다 역동적인 융판 시청각 자료 + 생동감 있는 인형 시청각 자료
> + 재미있는 만화 시청각 자료 + 누구나 가능한 제작 과정 + 저렴한 가격
> ### = 비밀 병기 캐릭터 인형

▶ 10개의 인형이 100개의 인형으로 변신

처음에는 설교나 구연동화를 할 때마다 매번 그림을 그려야 했다. 더군다나 그리는 데 소질이 없는 터라 그림이 필요할 때마다 주변 사람에게 부탁해야 했다. 부탁하는 것도 한두 번이지, 이 과정이 여러 번 반복되다 보니 너무 힘들고 한계

를 느꼈다. '그림을 그리는 것 외에 좀 더 아이들에게 어필할 수 있는 방법이 없을까?' 고민하다가 아이디어가 떠올랐다. 그림에 입체감을 주는 것이었다. 다시 말해 완성된 그림을 코팅해 입체감을 살리는 것이다. 그 인형에게 벨크로를 붙여서 옷을 갈아입히고, 여러 가지 표정이 담긴 얼굴을 그려 코팅한다. 예를 들어 요셉 인형을 만들었다고 가정해 보자. 요셉이 감옥에 갔을 때는 우는 얼굴의 그림으로, 총리가 되었을 때는 웃는 얼굴에 총리 복장으로 바꾸는 것이다.

이 인형은 누구나 집에서 쉽게 만들 수 있다. 머리가 분리되고, 옷이 분리되니 다양한 그림을 그려서 벨크로를 이용해 옷과 머리를 붙이면 다양한 캐릭터로 탈바꿈할 수 있다. 그래서 다양한 설교가 가능하다. 내용에 따라 요셉도 되고, 다니엘도 된다.

한창 인터넷에서 '아바타'가 인기였는데, 이 원리와 같다. 아바타의 표정, 머리 스타일, 옷, 장신구 등을 바꿔 가면서 때로는 얌전한 학생, 때로는 활기 넘치는 대학생, 때로는 개구쟁이의 모습으로 자기 개성을 표출한다. 이런 방법을 적용하면 10개의 인형으로 100가지, 아니 그 이상의 모습으로 변신시켜 연출할 수 있다. 캐릭터 인형은 활용하는 사람의 창작성에 따라 훨씬 더 다양한 연출이 가능해진다.

더욱 신나는 일은 이처럼 만든 인형은 인위적인 문제가 없는 이상 5년 이상 설교 자료로 사용할 수 있는 설교의 동역자를 얻는 효과가 있다. 즉 캐릭터 인형 20~30여 가지로 1년치 설교 시청각 자료의 부담이 확실하게 해소될 것이고, 그이상도 최소한의 노력으로 최대의 기쁨을 누릴 수 있게 될 것이다. 설교자에게 이런 수지맞는 일이 어디 있겠는가?

인형은 신비로운 도구다. 설교할 때 아이들에게 인형을 보여 주면 아주 신기해하며 호감을 갖는다. 여기에는 인형이 가지는 신비한 힘이 있기 때문이다. 그 신기한 파워가 궁금하지 않은가? 인형이 그냥 있을 때는 종이요, 스펀지일 뿐이다. 그러나 그 인형이 인형극에 등장하면 상황은 완전히 달라진다. 그 인형에게 생명이 주어지기 때문이다. 이것을 가생력이라 한다. 움직이는 인형을 보는 아이들에게는 상상의 나래가 펼쳐진다. 아이들은 더 이상 인형극에 등장한 인형을 종잇조각이나 스펀지 덩어리로 보지 않는다. 아이들은 인형과 감정을 교류할 수 있는 생명체로 보기 시작한다.

그리고 인형극에 등장하는 주인공 인형과 동질화된다. 그 인형이 슬퍼하면 같이 슬퍼하고, 그 인형이 기뻐하면 같이 기뻐한다. 아이들은 옛날 성경 이야기를 듣고 있지만, 인형극에 등장하는 인형과 함께 현재 이야기 속으로 들어가 희로애락을 경험하고 주인공 인형과 교감한다.

이처럼 캐릭터 인형은 아이들에게 신비감을 주고 아이들의 상상력을 최대한 이끌어 내는 탁월한 힘이 있다. 아울러 아이들의 감성과 인격에 직접적으로 교류할 수 있는 가생력의 강점이 발휘되어 아이들은 그 인형을 통해 그 시간에 듣는 이야기나 설교가 옛날이야기가 아니라 지금 벌어지는 자신들의 이야기로 느낄 수 있도록 이끌어 준다.

쉬운 그림 시청각 자료 **+** 보다 역동적인 융판 시청각 자료 **+** 생동감 있는 인형 시청각 자료
+ 재미있는 만화 시청각 자료 **+** 누구나 가능한 제작 과정 **+** 저렴한 가격
+ 한 인형으로 100배 활용 **+** 한 번 만들면 5년 이상 설교의 동반자
+ 어린이의 인격과 감성에 직접 접속하여 교류

= 비밀 병기 캐릭터 인형

● 특허받은 캐릭터 인형 ●

아래에 있는 자료는 캐릭터 인형 제작시 사용되는 조립식 인형에 관한 정보로
2002.10.12 특허청에 출원되고 2003.1.24 등록된 기법으로 발명자/고안자는 강
장식, 출원번호는 2020020030491인 실용실안이 등록되어 있는 기법이다.

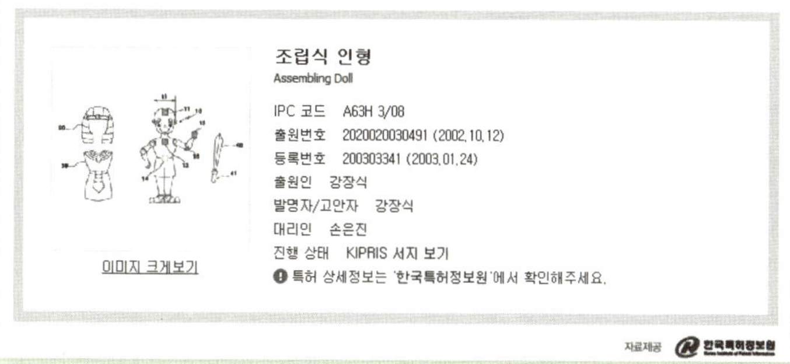

조립식 인형
Assembling Doll

IPC 코드   A63H 3/08
출원번호   2020020030491 (2002.10.12)
등록번호   200303341 (2003.01.24)
출원인   강장식
발명자/고안자   강장식
대리인   손은진
진행 상태   KIPRIS 서지 보기
❶ 특허 상세정보는 '한국특허정보원'에서 확인해주세요.

이미지 크게보기

자료제공 한국특허정보원

5

다전설,
캐릭터 설교 병법의
고수로 등극하라

1. 영혼 탈환 설교 병법의 고수가 되라

지금 설명하는 이야기꾼은 누구일까? 아이들은 이 이야기꾼의 주변에 둘러앉기를 좋아한다. 그리고 이야기꾼이 이야기 보따리를 풀어놓기 시작하면 아이들은 정신없이 그 세계로 빠져든다. 그래서 이야기가 시작되면 3시간이고 4시간이고 개의치 않는다. 만일 재미있는 이야기만 계속된다면 그 이상도 그대로 앉아서 들을 준비라도 된 듯 보인다. 아이들은 이 이야기꾼의 말이 가상인지, 실제인지 혼돈할 때가 있다. 어떤 때는 이야기꾼이 하는 모든 말을 그냥 받아들이고 수용하는 현상을 종종 접한다. 더 심각한 것은, 어른들도 이 이야기꾼의 이야기를 좋아한다는 것이다. 귀를 쫑긋 세우고 듣는 아이들 곁에 어른들도 앉아 흥미롭게 이야기꾼을 지켜본다.

놀라운 사실은 이러한 현상은 전 세계 어디서나 볼 수 있는 아주 보편적인 모습이라는 것이다. 우리나라뿐만 아니라 전 세계 어린이를 사로잡고 있는, 정말 어른까지 붙들고 놓아주지 않는 이 이야기꾼은 누구인가? 이미 어린이들을 사로잡아 거대한 영향력을 행사하고 있는 '매스미디어', 그중에서도 특히 '텔레비전' 아닐까? 그만큼 매스미디어의 영향력이 대단하다. 심지어 'TV는 제3의 부모'[33]라는 말이 있을 지경이다.

▶ 영혼 탈환 설교 병법

아이뿐만 아니라 어른도 사로잡고 있는 텔레비전이라면, 다음세대 설교자도 텔레비전의 이야기 기술을 잘 알아야 한다. 왜냐하면 텔레비전을 잘 보면 어린 영혼들의 언어, 심리, 흥미 구조를 알게 되는 기회가 되기 때문이다. 따라서 이러한 어린 영혼들의 관심 분야를 모른 채 설교 단상에 선다면 지루하고 따분한 설교에서 절대 벗어날 수 없다.

텔레비전뿐 아니라 영화나 만화 등 아이들을 사로잡고 있는 매스미디어를 분석해 보면, 모두 동일한 패턴을 가지고 있음을 발견할 수 있다. 영화를 예로 들면, 동일한 패턴이란 영화를 구성하는 틀(연출된 전략적 구성법)이다. 2시간짜리 영화는 일반적으로 발단부, 전개부, 클라이맥스, 에필로그로 구성된다. 그중에서 전개부는 보통 '전개 1', '전개 2', '전개 3', '전개 4' 네 부분으로 나뉜다.[34]

발단부는 사건의 도입 부분으로, 관객의 흥미를 유발할 수 있는 이야기들을 던진다. 그리고 전개부에서는 뭔가 해결될 듯하다가 안 되고, 또 풀릴 듯하다가 안 되는 과정을 반복하면서 관객의 시선을 집중시키고 긴장감을 준다. 전개부를 네 부분으로 나눈 것도, 마치 고무줄놀이처럼 잡았다 당겼다를 반복해 가면서 관객의 긴장을 고조시키는 구조로 이어 가야 흥미와 재미를 느끼며 이야기에 빠져들기 때문이다. 이렇게 전개부에서 고조된 긴장감이 클라이맥스로 치닫는다. 클라이맥스에서는 긴장과 갈등이 증폭되고 캐릭터들끼리 충돌하면서 해결점에 도달한다. 즉 모든 사건이 해결되면서 긴장감이 해소되고 가슴이 뚫리는 듯한 감정에 이른다. 그 후에 에필로그로 이어지면서 간단한 결말이 제시되고 영화는 끝을 맺는다.

이와 같이 아이들을 사로잡고 있는 세상 이야기꾼들의 공통점은 이야기를 꼼꼼하게 구성하고 연출해서 사람들에게 전달한다는 것이다. 그들에게는 사람들을 설득시키고 사로잡을 만한 충분한 소스와 능력이 있다. 설교도 이와 마찬가지로 전략적 구성법이 필요하다.

한 유명한 신학자는 "한 손에는 성경을, 한 손에는 신문을"이라고 말했다. 그러나 이 말은 이미 옛말이 되었다. 이제는 "한 손에는 성경을, 한 손에는 리모컨을"이라고 고쳐야 한다. 한 손에는 반드시 성경이 들려져야 한다. 성경만큼 중요하고 귀중한 것은 없다. 그러나 이제 다른 한 손에는 신문 대신 리모컨을 들어야 한다. 리모컨을 들고 아이들이 무엇을 좋아하는지, 세상의 문화가 어떤지 탐색해야 한다. 지금은 세상 것을 멀리하는 것이 아니라 적극적으로 분석하여 대응책을 찾는 것이 어린이 설교자가 해야 할 일이다. 더 나아가 "한 손에는 성경을, 한 손에는 인터넷을"로 바꿔야 한다. 인터넷을 통해 대상들을 분석하고 나아가야 한다는 것이다. 즉 이 세대에 맞는 설교 커뮤니케이션이 개발되어야 한다는 것이다. 어린 영혼들이 복음을 좀 더 수용적으로 받아들일 수 있는 방법에 대한 커뮤니케이션의 개발이 필요하다.

다전설들은 다른 시대보다도 더 치열한 영적 전쟁의 한가운데 서 있다. 사탄의 세력은 절대로 어린 영혼들을 놓아주지 않으려고 안간힘을 쓰고 있다. 우리 역시 그 영혼들을 결코 빼앗길 수 없다는 절대절명에 처해 있다. 그렇다면 우리가 해야 할 일은 분명해진다. 영적 진검승부인 설교 말씀의 선포를 통해 어린 영혼들을 예수님에게로 인도하는 것이다. 다시 말해 사탄의 영향력 아래 신음하고 있는 다음 세대들을 사탄의 손아귀에서 탈환하여 예수님에게로 데려가는 영적 전사가 되어야 한다.

"다전설이여, 연출된 전략적 구성법에 의해 성경말씀을 재구성하는 설교 병법인 **설교 구성법**을 익혀야 한다. 오직 그 한 영혼을 사탄의 손에서 탈환하기 위해서 말이다."

▶ 파워 통합 스킬 병법

설교의 구성이란, 대상이 알기 쉽게 설교하기 위해 자료를 배열하고, 전달 효과를 극대화하기 위해 일정한 설교 방식을 패턴화하는 것을 의미한다. 즉 설교가 일정한 구조를 갖게 되면 여러 가지 유익이 있다. 첫째, 설교자는 설교 준비를 한결 수월하고 효과적으로 할 수 있다. 둘째, 메시지 전달의 극대화를 유도할 수 있어 설교 전달에 탁월한 효과가 있다. 셋째, 청중을 계속 집중시켜서 설교를 잘 기억하게 한다.

이제 전략적 설교 구성법을 어떻게 할 것인지 그 구체적인 방안을 알아보자. 우선 지금까지 다전설들이 익혀 온 모든 무공을 하나로 집결시키는 과정이 이 구성론이란 사실을 먼저 기억해야 한다. 캐릭터 설교의 모든 기술을 하나로 담아 시스템화시키는 과정이 구성법이다. 마치 전쟁에서 모든 병법을 통합하여 사용하듯 말이다.

먼저 설교를 파워풀하게 만드는 4대 파워 에너지를 자유자재로 통합하여 활용할 수 있다. 첫째로 다음세대의 문화접속 에너지를 최대한 살려 그들의 문화에 접촉점을 정확히 확보한다. 둘째로 상상력 에너지를 자극하여 성경 이야기를 살아 움직이는 생생한 이야기로 받아들일 수 있도록 연출한다. 셋째로 그림 언어 에너지를 사용해 누구나 쉽게 기억하고 재미있게 반응할 수 있게 한다. 마지막으로 스토리텔링 에너지를 통해 이야기 속으로 아이들을 자연스럽게 끌어들이도록 구조화했다. 그러므로 스토리텔링의 힘을 극대화하여 아이들 스스로 반응하는 끌어당기는 설교가 가능하게 돕는 것이 바로 캐릭터 설교의 구성법이다.

또한 어린이들을 사로잡는 네 가지 핵심 무공을 설정하여 가장 효과적인 대안을 제시했다. 그 첫 번째 핵심 무공은 구연동화법으로 귀를 공략하여 사로잡는 것이다. 설교 구성의 본론부에서 구연동화법을 사용하여 흥미진진하게 다음세대들의 귀를 정복한다. 두 번째 핵심 무공은 캐릭터 인형으로 눈을 공략하여 사로잡는 것이다. 설교 구성 시 초반부터 인형이 등장하고 약 5~6개의 인형이 계속 시선을 끌어 눈을 정복한다. 세 번째 핵심 무공은 강력한 메시지로 영혼을 공략하여 사로잡는 것이다. 단 한 가지 주제로 설교를 구성하여 제목과 도입부부터 전략적으로 한 가지 주제를 집중 전달하여 흥미진진한 본론부를 지나 결국 각인 기법으로 재미있게 설교의 핵심을 기억하도록 한다. 마지막으로 네 번째 핵심 무공은 각인 기법으로 기억을 사로잡는 것이다. 그다음 주일까지 대부분의 아이가 이번 주의 설교 제목이나 핵심 주제를 기억하게 됨으로써 속 시원히 정복한다. 이렇듯 캐릭터 설교의 전략적 설교 구성법은 아이들의 귀와 눈, 영혼과 기억을 효과적으로 공략하고 정복하여 다음세대들을 전인적으로 사로잡을 수 있는 방법론이다.

2. 전략적 설교 구성 병법의 고수가 되라

캐릭터 설교는 치밀한 전략적 설교법을 제공한다. 손자병법과 같이 전쟁에서 물량적 군사와 무기보다도 병법에 앞선 자가 마지막 승자가 되듯이 다음세대 설교의 승자 역시 캐릭터 설교의 구성법을 익힌다면 누구나 성공적인 다전설로 등극하게 된다.

▶ 설교 전(前) 승리 병법

캐릭터 설교는 설교 전에 먼저 분위기를 열라고 제안한다. 왜냐하면 분위기가 열리지 않은 상태에서 무조건 밀어 부치는 식으로 설교하는 것은 준비가 안 된 마음밭에 씨를 뿌리는 것과 같기 때문이다. 그러므로 설교 전에 분위기를 열어야만 설교에 승기를 잡을 수 있다. 그리고 나서 설교의 도입은 신선하게 시작한다. 산만한 아이들을 일순간에 집중시켜야 하기 때문이다. 그 후에 본론에서는 아이들이 이야기 속으로 푹 빠져들 만큼 흥미진진하게 진행한다.

본론부는 스토리 구연부와 강력한 메시지 전달부로 나눌 수 있다. 스토리 구연부는 성경 이야기를 흥미진진한 구연 방식으로 전개해 가다가 결정적인 순간에 전환 문장과 함께 메시지부로 전환하여 강력한 본문 말씀의 핵심 주제 메시지를 전달한다. 결론부는 각인 기법을 사용해 설교의 한 주제를 쉽고도 재미있는 방식으로 기억시킨다. 이 모든 과정이 끝나면 아이들 스스로 결단하여 하나님에게 기도드리는 것으로 마무리한다.

1. 분위기 열기

2. 신선한 도입

3. 흥미진진한 본론
   1) 흥미진진한 스토리 전개부
   2) 스토리부와 메시지 부를 연결하는 전환 문장
   3) 흥미진진한 강력 메세지부

4. 재미있는 결론
   1) 각인 활동
   2) 핵심 주제 메시지 강조
   3) 결단 기도

먼저 신나는 분위기, 설교를 듣고 싶은 분위기로 열고, 지루함과 선입견을 깨는 신선한 도입부를 진행하고, 본론부를 흥미진진하게 진행해 가기 위하여 스토리 전개를 구연동화법으로 진행하고, 강력한 메시지를 선포한 후 결론부에서는 설교의 주제를 각인 기법을 사용한 각인 활동으로 그 설교의 주제 메시지를 좀 더 재미있게 기억시켜 아이들의 마음이 허물어졌을 때 결단을 요청하고 하나님에게 의탁하는 기도를 드리게 하는 설교가 캐릭터 설교의 영혼 탈환 전략이다. 이 모든 부분이 매번 효과적으로 사용된다면 어린 영혼들은 텔레비전이나 만화보다도 설교 시간을 손꼽아 기다릴 것이다.

'유능한 교사는 학생을 보고, 신입 교사는 교안을 본다'는 말이 있다. 이것을 설교자에게 적용해 본다면 '유능한 설교자는 학생들의 분위기를 보고, 신입 설교자는 설교노트만 본다', 즉 다음세대 전문 설교자는 아이들의 분위기를 파악할 줄 알고 또한 설교를 들을 수 있는 분위기를 조성할 줄 알아야 한다는 것이다. 무조건 진리의 선포자가 되어 설교에만 집중하는 것이 능사가 아니다. 먼저 씨를 뿌리기 전에 유능한 농부는 흙을 갈아엎듯이 유능한 설교자는 아이들의 분위기를 갈아엎을 줄 알아야 한다.

주일 아침에 졸린 몸으로 교회에 힘없이 들어오는 아이들의 모습, 그리고 생기 없이 찬양하는 모습, 아무런 생각 없이 그저 예배당을 채우고 있는 듯 보이는 아이들에게 설교를 아무리 열심히 전한다고 반응이 있을 리가 없다. 그러므로 먼저 설교에 반응할 수 있는 분위기로 설교의 포문을 여는 것이 다음세대 전문 설교자가 갖추어야 할 설교의 노하우다.

혹시라도 영적으로나 환경적으로 분위기가 다운 상태에서는 설교도 다운될 수밖에 없다. 설교 전 분위기를 업(Up)시켜야 설교의 효과도 업(Up)이 된다는 사실을 꼭 기억해야 한다. 그럼 어떻게 분위기를 활기 있게 열 수 있는가?

설교 전에 아이들과 먼저 라포(Rapport)를 형성하는 것이 중요하다. '라포'란 '친근감'이라고 할 수 있으며, 그 특징을 분석해 보면 유쾌함, 신임, 협동, 진실 등의 뜻을 포함하고 있다.[35] 따라서 설교자는 설교를 시작하기 전에 청중과 충분한 라포를 형성하는 것이 설교를 보다 효과적으로 전달할 수 있는 방안이다. 라포 형성을 위해 바로 설교로 들어가지 말고 아이들을 환영한다거나 중요한 광고를 먼저 한다거나 하는 인간적인 접근을 먼저 하는 것이 좋다.

나의 경험으로 볼 때 아침에 교회 나오는 아이들의 모습은 거의 다운된 상태가 많았다. 그러므로 활기 있는 분위기를 만드는 데 가장 빠르고 효과적인 방법은 목소리를 크게 낼 수 있는 게임 등을 진행하는 것이다. 아주 조그만 상품이라도 걸어

놓고 "할렐루야"나 "아멘"을 연습시키는 것도 한 방법이다.

설교 전에 분위기가 무르익으면 설교 도입을 위한 사인과 같은 것으로 '이야기 큐'를 외치게 한다. 모션과 함께하면 더 효과적이다. '이야기 큐'를 외칠 때 아이들은 마치 영화감독처럼 큰 소리로 한다. 이때 중요한 사실이 하나 있다. 아이들이 '이야기 큐'를 외치는 순간 그들은 그들도 모르게 이야기 속으로 들어오고 있다는 것이다.

▶도입부 기선 제압 병법

최근 몇 년 동안 계속해서 한국영화가 전성기를 누리고 있다. 흥행에 성공한 영화들을 살펴보면 한 가지 공통점이 있다. 시작부터 재미있다는 것이다. "도입부 3분을 잡지 못하면 흥행에 실패한다"는 말처럼 영화의 첫 장면에 관객의 시선을 잡아 두지 못하면 그 영화는 실패하기 쉽다.

이런 현상은 영화뿐 아니라 텔레비전에서도 동일하게 나타난다. 요즘 텔레비전 채널 수는 100여 개 이상이다. 아이들이 일단 텔레비전 앞에 앉으면 리모컨으로 이리저리 채널을 돌리면서 보고 싶은 프로그램을 찾는다. 채널을 돌렸을 때 나오는 장면이 아이들의 관심을 끌지 못하면 그들은 주저 없이 채널을 돌린다. 그 프로그램을 볼지 말지를 결정하는 데는 몇 초도 걸리지 않는다. 요즘 세대가 선택할 수 있는 폭은 아주 넓어서 조금 흥미가 없다 싶으면 단 1분, 1초도 기다려 주지 않는다. 이 말은 그만큼 도입부가 중요하다는 것이다.

도입부의 중요성은 비단 상업적 영화에만 해당하는 것이 아니다. 강의나 설교에도 중요하다. 강사가 명강사인지를 분별하는 방법에 대해 미국의 심리학자 레너드 주닌은 '최초의 4분간'(The Four Minutes)이라고 말했다. 여기서 '최초의 4분간'은 사람을 처음 만나서 첫인상을 결정하는 시간을 말한다. 이 4분에 대부분의 사람은 상대의 모든 인상을 결정해 버린다고 한다. 그리고 그 첫인상은 이후에도 거의 바뀌지 않는다고 한다. 이는 강단에 올라선 4분 안에 청중을 내 사람으로 만들어야 내 강의를 혹은 내 설교를 들어준다는 의미다. 만약 4분 안에 장악하지 못하면 청중은 수다를 떨거나 딴생각을 하며 심지어 잠을 청하기도 한다. 그러므로 제대로 강의와 설교를 할 수 있는 상황과 분위기를 만드는 시간은 최초의 4분간이라는 것이다.

이와 마찬가지로 다음세대 설교 역시 도입부에 심혈을 기울여야 한다. 아이들과의 첫 대면에서 그들이 설교에 쫑긋 귀를 세울 수 있을 만한 도입으로 이끌어야 한다. 바로 이런 점에서 산만한 아이들을 일순간에 집중시킬 수 있을 만큼 신선한 도입이 필요하다. 그렇다면 '신선한 도입'이란 무엇일까? 세 가지로 나눌 수 있다.

첫째, '깨는 도입'을 하라는 것이다. 이미 설교를 많이 들은 아이들은 웬만한 설교는 몇 번씩 들었을 것이다. 그래서 설교가 시작되면 아이들은 다음 이야기가 어떻게 진행될지 감을 잡고 있다. 한마디로 다음 진행이 어떻게 될지 이미 예상하고 있는 아이들에게는 아무리 좋은 설교라 할지라도 흥미가 없다. 그만큼 도입이 중요하다. 똑같은 본문을 가지고 하지만 도입에서 아이들의 예상을 벗어나는 진행이 이루어지면 그들은 설교를 재미있게 느껴 주목하며 듣기 시작할 것이다. 아이들의 예상을 멋지게 깨는 도입을 해 보자. 아이들이 설교에 귀를 기울이기 시작할 것이다. 깨는 도입이란 청중의 선입관을 멋지게 깨고 호기심을 자극시켜 설교 속으로 스스로 들어오게 하는 과정이다.

둘째, 호기심을 자극하라는 것이다. 신인 방송작가 공채 심사를 여러 번 한 베테랑 방송작가가 말하는 1차 심사 합격의 비밀은, 도입부가 무조건 재미있어야 한다는 것이다. 보통 한 심사위원이 10편 이상을 심사하는데 그 모든 원고를 완독하며 심사할 수 없으니 시작부터 시선을 끄는 작품들이 선정된다는 것이다. 도입부가 사람들의 호기심을 끌지 못하면 그 작품은 다 읽지 않는다는 것이다.[36]

설교 역시 이와 비슷하다. 특히 아이들은 설교 서두가 자신들의 호기심을 자극하지 않으면 이내 고개를 떨어뜨리고 다른 것에 몰두하기 시작하는 모습을 우리는 매 주일 확인하지 않은가?

셋째, 단숨에 집중시키라는 것이다. TV 음악프로그램에서도 첫 무대는 반드시 대형 가수나 당시 최고의 인기 가수가 장식한다. 시작할 때 집중시키지 않으면 몰입하는데 어렵기 때문이다.

캐릭터 설교는 단숨에 아이들을 집중시킬 수 있는 강력한 도입부를 구성하는 데 아주 효과적이다. 사실 집중은 도입부부터 "확!" 아이들의 시선과 주의를 사로잡을 수 있어야 성공적으로 유지될 수 있기 때문이다.

로널드 B. 토비아스는《인간의 마음을 사로잡는 스무 가지 플롯》에서 스토리를 효과적으로 전달하기 위해서는 호기심과 기대감을 불러일으키는 시작이 매우 중요하다고 했다. 그러면서 시작을 멋지게 하는 다양한 방법을 제시했다.[37] 그 첫째는 사건을 먼저 터트리는 방법, 둘째는 결과를 먼저 보여 주는 방법, 셋째는 경악할 만큼 놀라운 영상으로 시작하는 방법인데, 중요한 것은 드라마든 영화든 도입부에서 시선을 끌지 못하면 사람들의 관심과 집중력이 떨어져 외면당한다는 것을 기억해야 한다. 도입부가 신선하게 호기심을 자극할 때 대부분의 사람은 그것이 영화든 드라마든 소설이든 결말을 끝까지 지켜보게 된다.

연령대가 낮으면 낮을수록 다음세대 설교의 도입부는 중요하다. 시작이 재미있어야 사람들은 계속 듣게 되고 그러다 보면 끝까지 전달할 수 있기 때문이다.

이러한 신선한 도입을 위한 노하우를 간단히 제시하면, 첫째, 예상하지 못한 질문으로 도입하는 방법, 둘째, 예상하지 못한 소리로 도입하는 방법, 셋째, 예상하지 못한 행동으로 도입하는 방법, 넷째, 예상하지 못하도록 은폐하며 도입하는 방법, 다섯째, 전편에 나왔던 캐릭터 인형으로 도입하는 방법이 있다. 이런 방법 외에도 누구나 새로운 방법을 찾아내고 활용할 수 있다.

▶ 본론부 흥미 유발 병법

"초칠, 중심, 성십오"라는 말을 아는가? 이것은 '집중도'에 관한 말이다. '연령별 최대 집중시간'을 조사한 바에 따르면, 유치원생은 5분, 초등학생은 7분, 중학생은 10분, 성인은 15분이라고 한다. 이 조사를 통해 연령대에 따라 집중하는 시간이 상당히 차이가 있음을 알 수 있다.

실제로 성인이 강의나 세미나에 참석했을 때, 15분 정도가 지나면 주의가 흐트러지곤 한다. 좀 더 길게 집중하느냐 아니냐의 차이지, 누구나 강도 있게 집중할 수 있는 시간은 한정되어 있다. 그러므로 아이들의 경우에는 설교 시간을 상황과 연령에 따라 10분, 15분, 20분 정도로 잡는 게 적당하다. 만일 설교 시간을 20분 정도로 잡았을 때, 아이들은 몇 번이나 주위가 흐트러지겠는가? 설교를 듣는 대상이 유치원생이거나 산만한 초등학생이면 최대 집중시간을 5분으로 잡고 4번 정도 아이들의 주위가 흐트러질 것이다. 설교자가 아이들의 리듬을 알고 있다면, 하품을 하거나 기지개를 펴는 행동에 대해서 인식하고 미리 준비해야 한다. 그래서 아이들이 산만해지면 설교자가 그들의 행동을 무시하거나 채근하기보다는 흥미를 유발시켜 줄 무언가를 준비했다가 던져 주는 지혜가 필요하다. 캐릭터 설교법에는 아이들이 좀 더 흥미 있게 설교를 들을 수 있도록 5분 단위로 흥미를 이끌어 주는 여섯 가지 효과적인 방법이 있다.

첫째, 캐릭터 인형 효과다. 캐릭터 인형을 등장시켜 아이들의 흥미를 계속적으로 이끌어 준다. 캐릭터 설교를 할 때 사용되는 인형이 일반적으로 대여섯 개된다. 이 말은 아이들이 산만해질 때쯤 한 번씩 인형이 등장한다. "요셉 나와라, 짠!", "윙크 나와라, 짠!" 이런 식으로 아이들의 리듬이 끊길 때쯤 인형이 하나씩 등장하면 그들은 계속해서 흥미를 가지고 설교에 집중한다.

둘째, 장면 전환 효과다. 장면을 바꿔 줌으로써 아이들의 흥미를 계속적으로 이끌어 준다. 아이들에게 스토리텔링으로 전달하다 보면, 이야기 구성상 장면이 바뀌게 된다. 설교하면서 장면을 네댓 번 정도 바꿔 보는 거다. 요셉이 들에 나갔던 장면, 아버지랑 대화를 나누는 장면, 형들과 대화하는 장면, 혼자 있는 장면 등 한 이야기 내에서 네댓 개의 장면을 구성해 놓으면 된다. 이것이 가능한 게 스토리텔링의 장점이다. 앞에서 언급했던 것과 마찬가지로 아이들의 주위가 산만해질 때쯤 미리 구상해 놓은 장면으로 바꿔 주고, 그에 따라 다른 인형이 등장하면 아이들은 마치 새로운 이야기를 듣는 듯 설교에 빠지게 된다.

셋째, 구연동화기법 활용 효과다. 구연동화기법을 사용해 아이들의 흥미를 계속 이끌어 준다. 구연법은 설교에 리듬감을 주고, 설교를 역동적으로 만든다. 상황과 대상과 연령에 따라 다른 소리를 냄으로써 아이들은 마치 영화를 보듯 설교에 빠져들게 된다. 즉 여자 목소리, 남자 목소리, 여자아이 목소리, 남자아이 목소리, 악당 목소리, 선량한 목소리 등 이런 식으로 목소리가 역동적으로 리드미컬하게 바뀌니까 지겨워질 시간이 없다. 그래서 구연을 듣다 보면 자기 자신도 모르게 이야기에 몰입하게 된다.

넷째, 전략적 구성 연출 효과다. 치밀한 구성과 연출로 아이들의 흥미를 계속적으로 이끌어 준다. 설교는 지루해서는 안 된다. 설교는 쉽고 재미있어야 한다. 그래서 주어진 20분 정도의 시간 동안 지루함 없이 재미있게 할 수 있는 전략적 장치를 고민하는 것이 다음세대 전문 설교자의 사역이다. 그래서 필자가 고안한 것이 설교 중간 중간에 전략적으로 아이들에게 재미를 줄 수 있는 요소를 연출하는 것이다. 예를 들어 게임 전개식과 같은 것으로서, 요셉 설교 제1편 요셉의 첫 번째 꿈과 두 번째 꿈을 말하는 장면에서 게임 전개식을 사용했다(설교연출노트와 설교 영상 참고).

다섯째, 설교 속으로 참여하는 효과다. 캐릭터 설교는 설교 속으로 아이들을 참여시킴으로써 흥미를 계속적으로 이끌어 준다. 흥미진진한 본론으로 이끌기 위해서는 아이들을 설교 속으로 끌어들이는 방법이 가장 좋다. 아이들을 가만히 앉아서 듣고 있는 대상으로만 여기면 안 된다. 이제는 아이들이 설교 속으로 들어와 직접 참여하고 느낄 수 있는 설교법을 개발해야 한다. 그런데 캐릭터 설교를 하게 되면 아이들이 설교 속으로 자연스럽게 참여하게 된다. 그 이유를 한 가지만 예로 들면 캐릭터 인형이 나올 때 한 가지 암묵적인 약속이 있다. 그것은 아이들이 그 인형의 이름을 불러 주어야만 등장하다는 것이다.

성경 이야기를 할 때, 아이들에게 이야기 전개를 맡긴다. "누구 나와라, 짠!" 하면서 아이들을 설교에 참여하게 한다. 그리고 설교 진행의 주도권이 아이들에게 있는 것처럼 유도한다. 물론 성경 이야기는 설교자의 연출대로 흘러가는 것은 분명하다. 여기서 말하고 싶은 것은, 아이들이 소외된 청중이 아니라 설교에 함께 참여하고, 함께 느끼게 될 때 훨씬 더 흥미진진한 자세로 설교를 듣는다는 것이다.

여섯째, 상상력 효과다. 캐릭터 설교는 아이들의 상상력을 자극하여 흥미를 계속적으로 이끌어 준다. 흥미진진한 본론으로 이끌기 위해서는 아이들을 상상 속으로 끌어들이고, 지루함을 몰아내야 한다. 현실과 성경을 오가면서 아이들의 상상력을 자극하자. 그러면 아이들은 상상력의 날개를 펴고 설교 속으로 날아갈 것이다.

예를 들면 요셉 설교 제2편 영상을 보면, 보디발의 아내인 윙크가 요셉을 좋아해서 이야기의 절정에 이르면 장면이 나온다. "어, 오늘은 요셉이 어디 있을까? 어디 있을까? 저기 있네. 요셉, 오늘 나랑 같이 놀자. 놀자니까!" "안 돼요. 전 못 놀아요. 주인님이 절대로 주인마님 곁에 있지 말라고 했단 말이에요. 안 돼요!"

이때 요셉에게 입혔던 옷을 떼어 낸다. 보디발의 아내인 윙크가 요셉의 옷을 잡아당기는 바람에 옷이 벗겨지는 장면을 실제로 연출하여 연기하는 것이다. "어? 파란색 팬티네." 이 말을 던져 주면 모든 아이가 폭소를 터트리는 것을 여러 번 보았다. 이렇게 옷 하나 입히고 떼는 단순한 작용만으로도 아이들은 이야기 속으로 빠져든다. 재미있게 설교를 하기 위해 조금만이라도 고민하고 방법들을 생각해서 연출한다면, 아이들은 설교 시간 내내 꼼짝하지 않고 이야기에 집중할 것이다.

흥미진진한 본론부는 크게 두 부분으로 나눌 수 있다. 첫째는 스토리 구연부다. 성경말씀을 스토리텔링 방식으로 구연동화 하듯 각양의 목소리를 사용하여 흥미진진하게 전달하는 부분이다. 둘째는 강력한 메시지부다. 스토리텔링으로 재미있게 설교의 대략을 진행한 후 집중력 있게 메시지를 간단하면서 강력하게 전하는 부분이다.

▶ 결론부 재미 각인 병법

결론부는 재미있어야 한다. 수많은 과학자가 "어떻게 하면 사람들이 잊어버리지 않을까? 사람들이 오래 기억할 수 있는 방법은 없을까?"에 대해 고민하고 연구한 결과, 오래 기억할 수 있는 역할은 '뇌'가 한다는 결론을 내렸다. 뇌는 각인된 것을 기억한다. 어떤 경험이나 인상적인 장면이 뇌에 각인되면 그 기억은 오래간다. 그래서 어떤 방법이 뇌에 잘 각인되는지 두 그룹을 설정해 실험을 했다.

한 그룹은 인상을 쓰며 공부하고 다른 그룹은 재미있어 하면서 공부하는 상황을 설정했다. 어떤 그룹이 읽은 책 내용을 더 많이 기억했을지 충분히 짐작이 될 것이다. 당연히 재미있고 즐겁게 학습했던 그룹이 훨씬 더 많이 기억하고 있었다. 이 연구를 통해 알 수 있는 것은, 즐거운 기분이 기억하는 데 도움이 된다는 것이다. 설교를 마무리하는 데 이것보다 중요한 것은 없다.

신선한 도입, 흥미진진한 본론에 이어 아이들에게 필요한 것은 들은 말씀을 기억하는 것이다. 그러기 위해서 결론부는 재미있어야 한다. 재미있는 설교가 아이들의 기억력을 높이는 데 훨씬 효과적이기 때문이다. 재미있는 각인 이후에 결단을 촉구하면 아이들이 마음의 문을 열고 결단하게 된다. 왜냐하면 재미있는 활동으로 결론부의 핵심 주제 메시지가 전해졌기 때문에 마음의 벽이 순식간에 무너지고, 그 무너진 틈으로 결단을 요청하면 아이들은 쉽게 반응하기 때문이다. 그렇다면 어떻게 재미있는 결론부를 만들 수 있을까? 3단계로 구성된다.

1단계, 각인 활동을 통해 설교의 주제를 재미있게 각인시킨다. 각인 기법에는 주제 집약 모션형, 제목 반복형, 문답형, 게임형, 활동형 또는 음악 활동형 등 다양하다. 그리고 각인 기법을 보다 재미있고 효과적으로 전달하기 위한 노하우가 있다. 그 첫째는 과장하라는 것이다. 둘째는 반복하라는 것이다. 셋째는 아이들을 반드시 참여시키라는 것이다. 넷째는 설교자가 먼저 확실하게 망가지라는 것이다.

2단계, 핵심 주제 메시지로 강조한다. 캐릭터 설교는 핵심 주제 메시지에 모든 것을 집중하는 설교법이다. 설교의 전체 구성법이 그 한 가지 핵심 주제로 모아진다. 도입부에서는 암시하고, 본론부에서는 스토리로 풀고, 메시지부에서는 강력하게 선포되며, 결론부에서는 자연스럽고 재미있게 각인된다. 이때 재미있는 각인 이후에 다시 한 번 마지막으로 강조하는 순간이 바로 지금이다. 마치 화룡점정을 하듯 각인 활동으로 해체된 마음속에 다시 한 번 핵심 주제 메시지를 선포하는, 어찌 보면 캐릭터 설교법의 가장 결정적인 순간이다.

3단계, 각인 결단과 기도로 마무리한다. 설교를 하는 이유는 무엇일까? 많은 의미가 있지만 설교는 변화를 위한 것이고 변화는 마음의 새로운 각오를 통해 일어난다고 본다면 결국 설교는 결단하게 만들 수 있어야 한다. 그래서 캐릭터 설교는 모든 설교를 듣고 정리해야 하는 마지막 시점에 결단을 촉구하는 메시지를 전한다. 그래서 결단을 요구하지 않는 설교는 변화를 일으킬 수 없다.

그런데 문제는 인간이 결단한다고 해서 모든 사람이 실천할 수 있는 것은 아니다. 사실 다음세대들은 알아야 한다. '작심삼일'이라는 말도 있듯이 마음을 고쳐먹고 결심을 해도 사람은 연약할 뿐 아니라 죄성을 간직한 존재이므로 자신의 결심을 유지하기가 어려운 존재다.

그래서 캐릭터 설교에서는 설교를 듣고 결단한 것을 기도하게 한다. 기도로 하나님의 도우심을 요청하는 것이다. 나의 결단도 하나님에게 아뢰고 그 선한 결단 위에 성령의 도우심을 간구하여 인간의 힘으로 변화되는 존재가 아니라 오직 하나님의 은혜로만 변화될 수 있는 자기 자신을 깨닫게 하는 것이다.

바로 이 부분이 가장 경건하면서도 가슴 뭉클한 순간이다. 왜냐하면 설교자는 중매쟁이라는 표현이 있다. 캐릭터 설교자는 하나님과 다음세대를 만나게 해 주는 중매쟁이라는 의미다. 설교의 가장 마지막은 다음세대들이 하나님 아버지를 붙드는 시간이 되어야 한다. 설교자는 그 하나님 앞으로 다음세대를 인도하는 사람이다. 그리고 하나님과 다음세대의 손을 연결해 주고 기쁨으로 그 자리에서, 강단에서 내려오는 거룩한 사역의 존재라고 생각한다.

그래서 캐릭터 설교 시간 중 가장 경건하고 엄숙하며 감동적인 시간은 단연 마지막 결단과 기도의 순간이다. 모든 아이가 자신의 입술을 열어 기도하는 모습을 볼 때 설교자는 말할 수 없는 희열과 감동을 느낀다. '아! 이것이 바로 설교자의 기쁨이요 영광임'을 깨닫게 된다.

결론부의 각인 기법은 캐릭터 설교법의 꽃이라고 생각될 만큼 중요하면서도 신나는 시간이다. 중요한 만큼 실행하기도 까다롭다. 그래서 이상의 모든 기법은 설교연출노트와 설교 영상을 참조해야만 제대로 알 수 있다. 백 번 들어야 알 수 없고 한 번 보고 실습하면 바로 적용 가능한 부분인 만큼 반드시 설교연출노트와 설교 영상을 보고 자신의 것으로 연마하기를 바란다.

다전설이어! 재미있게 설교를 각인시켜 자연스럽게 변화하는 결론 구성법에 고수가 되어 설교에 완승하라!

주석

1. 강장식·최옥주, 《DIY 전도법》, 넥서스CROSS, 2012.

2. 박종우, 《성장하는 주일학교 리포트》, 야곱의우물, 2010.

3. 유키와 코코, 《꿈, 말하는 대로 이루어진다》, 넥서스BIZ, 2008.

4. 정연아, 《성공하는 사람에겐 표정이 있다》, 명진출판사, 1997.

5. 조태현, 《교회 커뮤니케이션》, 도서출판 예루살렘, 1999.

6. 장두만, 《다시 쓰는 강해설교 작성법》, 요단, 2000.

7. 이원설, 강헌구, 《아들아 머뭇거리기에는 인생이 너무 짧다2 : 커뮤니케이션 편》, 한언, 2003.

8. 마츠모토 유키오, 《7일 만에 말을 잘 하게 되는 책》, 나라원, 2003.

9. 매일경제지식프로젝트팀, 《지식혁명 보고서》, 매일경제신문사, 2000.

10. 김난도, 《아프니까 청춘이다》, 쌤앤파커스, 2011.

11. 공병호, 《명품인생을 만드는 10년 법칙》, 21세기북스, 2006.

12. 켄 데이비스, 《탁월한 설교가 유능한 이야기꾼》, 예영커뮤니케이션, 1998.

13. 이성희, 《미래목회 대예언》, 규장, 1998.

14. 정인교, 《특수 설교 – 청중의 눈과 귀를 열어주는 》, 도서출판 두란노, 2007.

15. 신상언, 《N세대를 위한 열 가지 교육전략》, 낮은울타리, 2002.

16. 박영재, 《설교자가 꼭 명심할 9가지 설득의 법칙》, 규장, 1997.

17. 워렌 위어스비, 《상상이 담긴 설교》, 요단출판사, 1997.

18. 제이 애덤스, 《설교연구》, 생명의말씀사, 1980.

19. 게리 스맬리, 존 트렌트, 《사랑언어, 그림언어》, 요단출판사, 1996.

20. 이연길, 《이야기 설교학》, 쿰란, 2003.

21. 이성희, 《미래목회대예언》, 규장, 1998.

22. 정장복 외 3명, 《새천년의 성경적 설교》, 예배와 설교 아카데미, 2001.

23. 아네트 시몬스, 《스토리텔링》, 한언, 2001.

24. 이대희, 《삶의 변화를 이루는 이야기 대화식 성경 연구》, 엔크리스토, 2003.

25. 톰&조아니 슐츠, 《지루함을 깨뜨리는 가르침의 기술》, 디모데, 2000.

26. 캐럴린 브라운, 《어린이의 귀를 사로잡는 설교》, 생명의말씀사, 1999.

27. 도니 탬블린, 《HaHaHa 유머교수법》, 다산북스, 2006.

28. 차갑부, 《명강의를 위한 40가지 이야기》, 교육과학사, 2010.

29. 야하타 히로시, 《프리젠테이션 박사》, 21세기북스, 2003.

30. 더그 스티븐슨, 《청중의 마음을 사로잡는 화술》, 길벗, 2005.

31. 양수련, 《시나리오 초보 작법》, 도서출판 월인, 2002.

32. 김서정, 《캐릭터는 살아 있다》, 열린어린이, 2008.

33. 황선길, 《애니메이션 시나리오》, 범우사, 1999.

34. 가와베 가즈토, 《시나리오 창작 연습 12강》, 시나리오친구들, 1999.

35. 전도근, 《명강사가 되기 위한 명강의 비법》, 크라운출판사, 2005.

36. 정숙, 《스토리텔링으로 소통하라》, 차림, 2011.

37. 로널드 B. 토비아스, 《인간의 마음을 사로잡는 스무 가지 플롯》, 풀빛, 2012.

PART 02

캐릭터 설교
설교연출노트

지금부터 실전이다.
캐릭터 설교 이론을 정복하였다면 설교연출노트로 고수의 길을 가자.
성경 속 이야기로 빠져드는 어린 영혼들을 체험할 것이다.

요셉 제1편 ❖ 꿈! 붙들어!

_창 37:5

설교 말씀 : 창세기 37장 5절

"요셉이 꿈을 꾸고 자기 형들에게 말하매 그들이 그를 더욱 미워하였더라."

분위기 열기

안녕하세요? 어린이 여러분! TV보다 더 재미있는 설교, 캐릭터 설교에 강장식 목사입니다. 오늘 친구들과 함께 아주 재미있는 성경 이야기 속으로 목사님이 안내해 줄 건데요. 하나님 말씀 들을 준비됐나요? 그럼 함께 "이야기 큐" 하고 외쳐 볼까요? "이야기 큐!"

양손가락을 돌리면서 총을 쏘듯이 모든 아이가 집중해서 함께할 때까지 유도하는 것이 중요한 Tip

신선한 도입

[깨는 소리와 상황 연출 기법]

"엉엉~ 어엉엉~ 어엉엉~"(옷을 껴안고 우는 사람을 연기한다) 여러분, 저쪽에 보니까(뒤쪽 부분을 가리키며) 어떤 아저씨가 막 울고 있어요. 그 아저씨는 뭔가를 꼭 붙잡고 울고 있어요. 바로 피 묻은 옷이에요. 피가 흥건히 묻은 옷을 붙잡고 우는 거예요.(옷을 붙들고 있는 연기를 계속하며 연기해야 실감이 난다)

연출tip: 이야기큐가 반복되다가 갑자기 우는 연기를 할때 모든 아이가 갑작스러운 광경에 놀라면서 집중하게 하는 연기의 타이밍과 모습을 살려서 한다.

마치 누가 실제로 있는 것처럼 뒤쪽을 바라보며 연기한다. 아이들이 설교의 상상력 안으로 들어오도록 한다.

"내 아들아, 내 아들아!"(울부짖으며)

이 아저씨 아들에게 큰일이 생겼나 봐요.

흥미진진한 본론

흥미진진한 스토리 속으로 (스토리 구연부)

자기 아들의 옷을 붙잡고 울고 있는 이 아저씨의 이름이 무엇인지 아나요?

"자, 야곱 나와라 시작! 야곱 나와라 짠!"(야곱 캐릭터 인형을 보여 주며)

여러분 누구라고요? 야곱이에요. 야곱 아저씨는 아들이 아주 많았어요. 몇 명이나 되는지 알아요? 그래요, 열두 명의 아들이 있었어요. 그런데 야곱 아저씨가 열두 명의 아들 중에서 가장 사랑하는 아들이 있었어요. 누군지 알아요? 어? 몇 번째 아들일까요? 맞았어요.

"11번째 요셉 나와라 시작! 요셉, 나와라!"

소리가 너무 작아요. 요셉은 주인공이잖아요. 주인공은 큰 소리로 불러 줘야 돼요.

"요셉 나와라! 짜자잔"(요셉 캐릭터 인형을 보여 주며)

어때요? 요셉 잘생겼지요? 요셉 위에 형이 몇 명 있었을까요? 맞아요. 10명이지요. 그중에 형 한 명을 불러 볼게요.

"형 나와라 시작! 형 나와라 짠!"(요셉 형 캐릭터 인형을 보여 주며)

요셉 형 ▶ "야! 내가 요셉의 형이야. 까불래?"

여러분, 요셉의 형들은 이렇게 거칠었어요. 그리고 나이도 많았어요. 그래서 요셉은 형들보다 잘할 수 있는 게 별로 없었어요. 달리기를 하면 누가 이겼을까요? 맞았어요. 형들이 언제나 이겼어요. 그리고 팔씨름을 하면 누가 이겼을까요? 형들이 이겼어요. 그러나 요셉은 형들에게 없었던 아주 큰 능력이 하나 있었어요. 그게 뭔 줄 알아요? 바로 하나님의 꿈을 꾸는 능력이에요. 무슨 능력? 하나님의 꿈을 꾸는 능력이랍니다.

어느 날 요셉이 코를 골며 잠을 자고 있었어요(요셉이 잠자는 장면을 재미있게 연출하며 연기한다). 그런데 너무너무 신기한 꿈을 꾸었어요. 그 꿈을 보여 줄게요.

"나와라 시작! 나와라 짠!"(볏짚단 그림을 보여 주며)

이게 뭘까요? 자, 볏짚단이에요. 볏짚단의 숫자가 몇 개인지 아는 사람? 볏짚단을 세어 보세요. 하나, 둘, 셋(볏짚단 그림을 숨긴다). 다시 한 번 더 기회를 주겠어요. 볏짚단을 세어 보세요. 하나, 둘, 셋(볏짚단 그림을 숨긴다).

자, 그럼 이제 어느 친구들이 잘 세었나 함께 볏짚단 숫자를 세어 볼까요? 하나, 둘, 셋, 넷, 다섯, 여섯, 일곱, 여덟, 아홉, 열, 열하나, 여기까지 해서 열두 개! 맞췄어요.

요셉은 꿈을 꾸고 나서 열심히 형들에게 달려갔어요.

요셉 ▶ "형! 형! 형~ 내가 오늘 너무 신기한 꿈을 꿨어요. 글쎄 말이에요. 꿈속에서 형들이랑 내가 볏짚단을 묶었거든요. 그런데 내 볏짚단이 가운데 있고 형들의 볏짚단이 이렇게 나를 둘러

싸더니 나한테 넙죽 절을 하는 거예요. 와! 너무너무 기분이 좋았어요!"

여러분 이 이야기를 들은 형들의 기분은 어땠을까요?

요셉 형 ▶ "저 요셉 만날 아버지가 자기만 예뻐한다고 결국 우리에게 이런 얘기하는 거 봐. 너 요셉 가만두지 않을 거야!"

이렇게 요셉을 째려봤다니까요.

그런데 요셉의 꿈 이야기는 여기서 끝나지 않아요. 요셉이 또 꿈을 꾼 거예요. 어느 날 "드르렁" 하고 코를 골며 잠을 자고 있는데 이번에는 이런 꿈을 꾼 거예요. 보세요. 뭐가 나오나.

"나와라, 시작! 나와라, 한 번 더 시작! 나와라, 짠!"

뭐지요? 해님, 달님, 별님. 요셉은 이렇게 멋진 꿈을 꾸었어요. 그리고 아침에 꿈을 깨고 일어나서 형들에게 달려갔어요.

요셉 ▶ "형! 형! 형~ 이번에는 더 신나는 꿈을 꾸었어요. 이번에 꾼 꿈은 지난번보다 대단한 꿈이었어요. 바로 하늘에서 해님이랑 달님이랑 별님이 내려와서 내게 절을 하는 거예요. 나는 너무너무 좋았어요."

이렇게 얘기하는 거예요. 그랬더니 형들은 더 도끼눈을 뜨면서 쳐다보았어요.

요셉 형 ▶ "요셉 이 녀석! 아버지가 자기만 더 사랑하니까 하는 말 좀 봐. 해님은 누구를 말하는 거야? 우리를 해님처럼 지켜 주는 아빠를 말하는 거고. 달님은? 우리를 사랑으로 보살피는 엄마를 말하는 거잖아. 그리고 이것을 봐! 별들이 몇 개야? 이렇게 많은 별이 이건 형들을 말하는 거잖아. 결국 요셉은 우리 온 가족이 다 자기한테 절한다는 얘기를 하는 거라니까. 정말 가만히 둘 수 없어!"

이러면서 더 요셉을 도끼눈을 뜨고 쳐다보고 있었어요.

그러던 어느 날이었어요. 요셉에게 아주 큰일이 생겼어요. 여기 있는 야곱 아빠가 부르는 거예요.

야곱 ▶ "요셉아!"

요셉 ▶ "네, 아버지 왜 부르셨어요?"

야곱 ▶ "요셉아! 형들에게 도시락 좀 갖다 주고 오너라."

요셉 ▶ "네, 알겠어요. 아버지!"

요셉은 아버지의 말씀에 순종을 잘하는 착한 아이였어요.

요셉은 형들을 찾아 다녔어요.

요셉 ▶ "어! 우리 형들이 어디 있지? 애들아, 우리 형 어디 있는지 봤어요?"(요셉 인형이 아이들에게 질문하듯 연출한다)

요셉은 여기저기 기웃거렸어요.

요셉 ▶ "어? 저쪽에 우리 형들이 있는 것 같은데. 저기 있구나! 형, 도시락 먹어요. 따끈따끈한 도시락 먹어요."

요셉 형 ▶ "요셉이 오고 있다 요번에는 저 녀석을 혼내 주자!"

요셉 ▶ "형, 따끈따끈한 도시락!"

요셉 형 ▶ "야! 요셉이다. 오면 혼내 주자!"

이 부분을 코믹하게 반복하면 요셉과 형들의 상반된 감정을 알게 되고 스토리를 극적으로 만들어 간다.

요셉 형 ▶ (요셉 형 인형이 요셉 인형을 와락 껴안듯이 연출하며) "너는 이렇게 예쁜 옷을 입을 자격이 없어. 너는 우리 집에 장남이 아니잖아 내 놔!"(요셉 인형의 채색 옷을 벗긴다)

요셉 ▶ "으어~형!"

형들은 이렇게 팬티만 남겨 놓고 물이 없는 우물 속에 풍덩 빠뜨려 버렸어요.

요셉 ▶ "형, 살려 주세요. 살려 주세요. 형! 형! 형!"

요셉은 형들에게 도움을 요청했어요. 아무리 소리를 질러도 형들은 대답하지 않았어요. 그런데 얼마나 지났을까. '주르륵' 하고 뭔가 내려왔어요.

요셉 ▶ "와! 동아줄이다."

요셉은 형들이 자신을 구해 주는 줄 알고 줄을 꽉 잡고 올라가는 거예요.

요셉 ▶ "형, 고마워 형!" 하면서 말이에요.

그런데 형들이 기다리고 있는 것이 아니었어요.

"자, 노예상인 나와라 시작!"(노예상인 캐릭터 인형을 보여 주며)

노예상인 ▶ (채찍을 휘날리며 험악하게) "악~ 내가 노예상인이다. 여기에 있는 모든 아이를 팔아 버리는 노예상인이다."

요셉 ▶ "아저씨 누구세요? 왜 여기에 와 있어요?"

노예상인 ▶ "너를 내가 묶어서 저 멀리 데려가도록 하겠다."

요셉 ▶ "아 안 갈 거예요."

노예상인 ▶ "따라와!"

노예상인에게 요셉이 잡혔음을 확실히 보여 주기 위해 막대 풍선으로 상인과 요셉을 묶어 주며 연기한다.

요셉이 끌려가는 모습을 코믹하게 연기

구연부에서 메시지부로의 전환 문장

노예상인은 요셉을 묶어서 끌고 갔어요. 그러고는 저 먼 나라로 데려갔어요. 어딘지 알아요? 그 유명한 나라 있잖아요 애굽이라고. 아, 요즘은 애굽이라는 말을 쓰지 않고요 이렇게 말해요. 이집트라고요. 여러분도 잘 알잖아요. 이집트라는 멋진 나라말이에요.

여러분, 노예상인이 요셉을 끌고 그 먼 나라로 가 버렸으니 우리 요셉은 어떻게 되었을까요? "엄마, 아빠가 없으니까 나는 그냥 죽어 버릴 거야" 죽었을까요? 아니면 "엄마, 아빠도 없으니까 난 거지야 난 거지처럼 살 거야" 했을까요? 아니었어요. 요셉은 어떻게 했을까요?

강력한 메시지 속으로(메시지부)

그래요. 요셉은 하나님의 꿈을 꾸는 사람이잖아요. 요셉은 그 하나님의 꿈대로 위대한 사람이 되어야 하잖아요. 요셉이 애굽 나라에서 뭐가 되었는지 아세요? 글쎄 애굽 나라 바로 왕의 바로 밑에서 나라의 모든 일을 도맡아 하는 총리 대신이 되었답니다. 여러분, 요셉은 어떻게 해서 엄마 아빠도 없는 애굽 나라에서 총리 대신까지 될 수 있었을까요? 그렇지요. 바로 하나님의 꿈을 버리지 않고 꽉 붙들고 살았기 때문이에요.

어떤 어른들은 이렇게 말해요. "꿈 중의 최고는 돼지꿈이야. 돈이 술술 들어오거든." "무슨 말이야? 꿈 중의 최고는 당연히 용꿈이지. 용은 아주 신령한 영물 중의 영물이거든." "에이, 아니 아니야! 꿈 중의 최고는 개꿈이야!"

여러분, 어떤 꿈이 최고의 꿈인가요? 그렇죠. 꿈 중의 최고는 바로 하나님의 꿈이에요. 하나님의 꿈을 꾸고 사세요. 그러면 전지전능하신 하나님이 그 꿈을 이루어 주신답니다. 사람의 꿈, 세상의 꿈, 죄악의 꿈이 아니라 하나님이 주시는 꿈을 꾸고 살아요. 그러면 하나님이 책임져 주세요. 누구처럼요? 요셉처럼!

요셉은 애굽 나라에 팔려 갔지만 그는 애굽 나라에 총리가 되었어요. 우리 친구들도 큰 꿈을 꾸세요, 성경에 있는 모든 사람은 다 꿈꾸는 사람들이었어요. 다윗 알지요? 다윗도 꿈이 있었잖아요. "나는 이스라엘의 왕이 되리라." 솔로몬도 꿈이 있었잖아요. "나는 지혜의 왕이 되리라." 에스더도 꿈이 있었어요. "위기의 이스라엘을 구원하리라." 여러분, 예수님도 꿈이 있었잖아요. 예수님은 온 세상 사람들, 온 인류, 바로 친구들과 이 목사님을 구원할 꿈을 예수님은 가지고 있었어요. 그런데 그 꿈들이 이루어졌나요, 안 이루어졌나요? 그렇죠. 너무나 멋지게 이루어졌잖아요. 여러분, 하나님의 꿈을 꾸고 사세요. 그러면 반드시 하나님이 그 꿈을 이루어 주실 거예요.

재미있는 결론

각인 활동

오늘 들은 성경말씀을 오래 오래 기억하기 위해서 각인 활동을 함께 해 봐요. 목사님이 "꿈!" 하면 함께 "붙들어!"라고 외치는 거예요.

"꿈!"

"붙들어!"

잘했어요. 이제는 "붙들어"라고 말할 때 뭔가를 정말 꼭 껴안듯이 붙들어 보는 거예요. 자, 해 볼까요?

"꿈!"

"붙들어!"(와락 뭔가를 껴안듯 붙드는 모션을 재미있게 연출한다)

핵심 주제 메시지 강조

요셉이 그렇게 한 것처럼 꿈을 꼭 붙잡고 살아야 돼요. 엄마, 아빠가 없을 때에도 꿈이 있으면 성공할 수 있잖아요. 누구처럼? 요셉처럼!

"꿈" 하면 "붙들어" 맞았어요, 하나님의 꿈을 붙들고 살면 하나님이 우리의 인생을 책임져 주세요. 놀라운 축복의 사람이 될 수 있어요.

결단 기도

"아, 그런데 목사님 저는 꿈이 없어요" 하는 친구가 있나요? 에이, 괜찮아요. 오늘부터 꿈을 가지면 되지요. 뭘? 하나님에게 꿈을 구하면 꼭 우리의 기도를 들어주실 거예요. 한번 손을 모아 보세요.

"하나님 아버지, 요셉은 애굽으로 팔려 가는 신세가 되었지만 하나님의 꿈을 꾸어서 애굽 나라의 총리가 되었어요. 이 설교를 들는 모든 친구가 하나님의 꿈을 꾸어서 온 세상에 하나님의 꿈쟁이, 하나님의 꿈을 꾸는 백성이 되게 해 주세요. 그래서 그 꿈을 이루는 하나님의 멋쟁이가 되게 도와주세요. 예수님 이름으로 기도드렸습니다. 아멘."

요셉 제2편 ❖ 죄! 도망가!

_창 39:12

설교 말씀 : 창세기 39장 12절

"그 여인이 그의 옷을 잡고 이르되 나와 동침하자 그러나 요셉이 자기의 옷을 그 여인의 손에 버려두고 밖으로 나가매."

분위기 열기

안녕하세요? 어린이 여러분! TV보다 더 재미있는 설교, 캐릭터 설교에 강장식 목사입니다. 성경 속으로 같이 여행을 떠나 볼 건데요. 하나님 말씀을 들을 준비가 되어 있나요? 그러면 큰 소리로 '이야기 큐' 한번 같이 해 볼까요?

"이야기 큐!"

양손가락을 돌리면서 총을 쏘듯이 모든 아이가 집중해서 함께할 때까지 유도하는 것이 중요한 Tip

신선한 도입

[인형 연상 기법]

짜자잔! 이 장면 기억나나요? 무슨 그림이에요? 맞았어요. 지난 주에 여기에 있는 너무너무 무섭게 생긴 노예상인이 우리 요셉을 어디로 끌고 갔는지 알아요? 그래요, 사막으로 끌고 갔잖아요. 모래바람이 불어오고, 너무너무 뜨거운 태양 볕 아래서 요셉

마치 사막을 여행하는 요셉처럼 연기한다. 아이들의 상상력을 자극하여 설교 속으로 들어오게 하는 장치다.

은 "아유 힘들어" 하면서 어딘지도 모르는 곳을 향해 걸어가야만 했어요. 높고 높은 모래 언덕을 몇 개를 넘었을까요? 너무너무 힘든 여행을 했어요.

[장소 은닉 기법]

요셉 ▶ "너무너무 힘들다. 너무너무 힘들어! 어? 가만 있어 봐. 노예상인님, 여기가 어디에요?"(주변을 두리번거리며 아주 놀란 듯)

요셉은 아주 깜짝 놀랐어요. 어딘가에 왔는데 그곳이 휘황찬란한 거예요.

요셉 ▶ "우아! 여기 정말 멋있다."

노예상인이 말했어요.

노예상인 ▶ "야! 여기가 어딘 줄 알아? 바로 애굽이란다. 이집트 말이야. 대단한 나라지!"

요셉은 놀라움에 입을 다물지 못했어요.

흥미진진한 본론

흥미진진한 스토리 속으로(스토리 구연부)

요셉 ▶ "아, 여기가 애굽이구나!"

어? 저기 보니까(마치 실제로 무언가를 보고 놀라면서 말하듯이) 와아! 삼각형인데, 엄청 큰 삼각형 탑이 있네요. 저게 뭐예요?"(마치 아이들과 옛날 이집트에 와 있듯이 실감나게 질문한다) "피… 피… 피라미드요." 어? 그럼 저건 또 뭐죠? 사람의 얼굴인데 몸은 사자처럼 생겼어요. 어! 스… 스핑크스라고요?"(아이들의 반응에 마치 요셉이 대답하듯) "아, 그렇구나!"

이렇게 애굽에 도착한 요셉을 노예상인이 어딘가로 끌고 갔어요. 어디로 끌고 갔는지 알아요? 글쎄 사람들이 아주 많은 곳으로 노예상인이 요셉을 끌고 가더니 요셉을 사람들 가운데 딱 세웠어요. 그러고는 노예상인이 말하기 시작했어요.

노예상인 ▶ "자, 골라요, 골라요. 오늘 저기 이스라엘에서 잡아 온 아주 싱싱한 노예요, 노예! 자, 골라 봐요, 골라 봐. 자, 이제부터 경매를 시작하겠습니다. 자, 100원부터 시작하겠습니다. 이 싱싱한 요셉을 사 가실 분은 100원 오우! 200원 오우! 1,000원 이야하! 좋아요. 5,000원, 10,000원, 20,000원." 여러분, 이렇게 요셉을 사 가려고 많은 사람이 "제가 살게요" 하는데 그때 노예상인이 깜짝 놀라는 거예요. 그리고 거기에 있는 사람들도 모두 놀랐어요. 갑자기 분위기가 조용해지는 거예요. 누군가 나타났나 봐요.

"자, 보디발 장군 나와라! 그렇게 작게 부르면 안 나오지요. 자, 큰 소리로 보디발 장군 나와라 시작! 짜자잔!"(보디발 인형을 보여주며)

노예상인 ▶ "장군님께서 어…어떻게 여기까지 오셨습니까?"

보디발 장군 ▶ "노예를 사려고 왔느니라."

노예상인 ▶ "아, 장군님! 아주 싱싱한 노예가 있기는 합니다만…."

보디발 장군 ▶ "어떤 노예냐?"

노예상인 ▶ "여기 있는 노예입니다."

보디발 장군 ▶ "어서 보자."

여러분 보디발은 요셉을 지켜 보았어요. 그러더니만

보디발 장군 ▶ <u>"이 아이는 내가 데려간다."</u>

와! 보디발 장군이 요셉을 노예로 사 가는 거예요. 그랬더니

노예상인 ▶ "너무 잘하셨습니다. 제가 곧 요셉을 집으로 보내 드리겠습니다. 요셉 너! 보디발 장군의 집으로 어서 가!" 휭~ (보디발 장군 집으로 날아가듯 재미있게 연출한다)

이제 요셉은 보디발 장군 집의 노예가 되었어요. 요셉은 보디발 장군의 집에서 어떻게 지냈을까요? 노예생활을 슬퍼하며 원망하고 지냈을까요? 아니면 "에라 모르겠다" 하며 일은 안 하고 장난만 쳤을까요? 농땡이만 부렸을까요? 아니에요. <u>요셉은 노예들 중에서도 가장 열심히 일했어요.</u> 쓸고, 닦으며 청소하고, 음식을 나르며 열심히 일했어요. 그것을 누가 보았을까요? 맞았어요. 보디발 장군이 멀리서 다 지켜 보고 있었어요. 그래서 보디발 장군은 요셉이 열심히 성실하게 일했기 때문에 요셉을 따로 불렀어요.

보디발 장군 ▶ "요셉, 잠깐 나 좀 보자!"

요셉 ▶ "네, 주인님! 부르셨습니까?"

보디발 장군 ▶ "요셉, 우리 집에 온 지도 꽤 오래되었지?"

요셉 ▶ "네, 그렇습니다."

보디발 장군 ▶ "네가 우리 집에 노예들의 대장이 되어 주거라."

요셉 ▶ "네? 제가 말입니까?"

보디발 장군 ▶ "그래! 네가 우리 집 노예의 장이 되거라."

여러분, 그다음부터 요셉은 보디발 집에 있는 노예들의 장이 되

었어요. 요셉은 이렇게 매일 옷을 벗고 일하는 낮은 계급의 노예였잖아요. 그런데 이제는 옷 벗은 노예가 아니라 하나, 둘, 짠~ 옷을 멋있게 입었어요. 노예 장이니까요. "나와라 짠!" 어때요? 예쁘죠?

여러분, 요셉은 노예 장이 되어서 더 성실하게 보디발을 집에서 섬겼어요. 하나님도 보디발 집에 큰 축복을 주었답니다.

그런데 요셉에게 큰일이 생겼어요. 그게 뭐냐면 보디발 집에는 좀 이상한 사람이 살고 있었어요.

"자, 나와라 큰 소리로! 이번 사람은 남자가 아니라서 더 큰 소리로 불러야 나온대요. 나와라, 짜자잔!"

윙크 ▶ "애들아 안녕! 내 이름은 윙크라고 해!"

여러분 누군지 알아요? 윙크예요. 윙크는 보디발 장군의 누굴까요? 그래요. 부인이에요. 윙크가 지금 뭐하고 있어요? 맞았어요. 윙크를 하고 있어요. 여러분도 윙크를 해 보았나요? 보통 우리가 언제 윙크해요? 맞았어요. 내가 좋아하는 사람에게 다른 사람이 모르게 신호를 보낼 때 윙크를 하잖아요. 맞죠?

그런데 이 윙크는 습관적으로 윙크를 했어요. 누구한테 한 줄 알아요? 바로 요셉에게 한 거예요. 누구에게 말이에요. 요셉에게요. 요셉에게 매일매일 윙크하는 거예요. 윙크를 왜 한다고요? "나는 널 좋아해. 나는 너랑 같이 있고 싶어" 이렇게 말하는 거잖아요. 그런데 윙크는 그러면 되나요? 안 되죠. 윙크가 이렇게 윙

단호하게 윙크를 외면하는
요셉을 연기한다.

인형이 직접 아이들에게 나
아가 요셉 어디 있니? 묻기
도 하면서 관중과 하나 되게
한다.

요셉 2편의 클라이맥스 부
분이므로 긴장감을 고조시
키는 연기가 필요하다.

크할 때마다 요셉은 "안 돼요. 저는 안 할 거예요"라고 하면서 윙크를 피했어요.

그런데 어느 날 요셉에게 큰일이 생겼어요. 글쎄 윙크의 남편 보디발이 잠시 멀리 떠나 집을 비우게 되었어요. 그랬더니 윙크가 "아! 잘됐다. 잘됐다. 이번에는 꼭! 요셉이랑 뽀뽀를 해 봐야지" 하며 나쁜 생각을 하는 게 아니겠어요.

윙크 ▶ (윙크 인형이 뭔가를 찾아 헤매듯) "어? 요셉 어디 있니? 요셉~ 요셉!"

이렇게 윙크가 요셉을 찾아다니는 거예요. 그러다 짠 만났어요.

요셉 ▶ "부르셨습니까?"

윙크 ▶ "요셉, 잠깐 가까이 올래?"

요셉 ▶ "어? 왜 그러세요?"

윙크 ▶ "너 나랑 뽀뽀하자!"

요셉 ▶ "어! 안 돼요, 마님! 주인님이 말씀하셨어요. 집 안에 있는 모든 것을 다 내가 다스릴 수 있지만 오직 주인 마님에게만 가까이 가지 말라고 하셨어요. 그리고 저는 하나님을 믿는 사람이에요. 그런 행동은 절대 할 수 없어요."

하지만 한사코 윙크는

윙크 ▶ "어서 가까이 오라니까!"

요셉 ▶ "싫어요!"

윙크 ▶ "가까이 오라니까!"

요셉 ▶ "싫어요!"

윙크 ▶ "가까이 오라니까!"

윙크가 요셉을 붙잡는 거예요. (윙크 인형이 요셉 인형을 와락 붙잡는다) 그러더니 뽀뽀하자고 하네요. 요셉은 어떻게 해야 하나요? 뽀뽀해야 하나요? 말아야 하나요? 요셉이 그때 힘을 냈어요.

요셉 ▶ "안 되겠다. 내가 이러다가는 하나님에게 죄를 범하게 되겠구나" 하고 자신이 입던 옷을 확 벗어 버렸어요 (요셉 인형의 옷을 확 벗어버린다). 어? 옷을 벗어 던지고서는 "사람 살려" (발가벗은 요셉 인형이 도망치는 장면을 재미있게 연출하여 연기한다) 하며 도망을 갔어요.

얼마 후 보디발이 돌아왔어요.

보디발 장군 ▶ "여보 잘 있었소?"

윙크 ▶ "여보, 여보, 글쎄 말이에요. 요셉이 당신이 없는 날 글쎄 말이에요. 나를 붙잡고는 자꾸만 뽀뽀하자고 했어요. 흑흑흑." (윙크가 가식적으로 우는 장면을 연출한다)

보디발 장군 ▶ "무슨 말이요? 요셉은 그런 아이가 아니요."

윙크 ▶ "아니 무슨 말이에요. 여보 내 말을 믿지 않아요? 여기 보세요 이 옷!"

보디발 장군 ▶ "아니 무슨 옷이요?"

윙크 ▶ "이 옷이 바로 증거에요. 요셉이 저를 흑흑흑."

보디발 장군 ▶ "안 되겠구나! 그렇다면 요셉을 불러 오거라. 그리고 요셉을 감옥에 처 넣도록 하여라."

구연부에서 메시지부로의 전환 문장

여러분, 한 가지 알려 드릴 게 있어요. 요셉이 이렇게 감옥에 갇혔잖아요. 감옥에 가는 것이 슬픈 일이에요? 아니면 즐거운 일이에요? 아, 물론 즐겁지 않은 일이에요. 아주 고통스러운 일일 거예요. 그런데 여러분 알아요? 다음 이야기에서 알게 되겠지만 요셉이 감옥에 가게 된 것은 하나님이 요셉을 하나님의 꿈을 이루어 주시기 위해서 행하시는 놀라운 일 가운데 하나였답니다. 그래서 이 감옥은 절대 슬픔의 공간이 아니에요. 요셉이 꿈을 이룰 수 있게 하나님이 도와주는 장소가 되어 준다니까요. 그것은 여러분이 다음 이야기를 듣게 되면 자세히 알게 돼요.

강력한 메시지 속으로(메시지부)

오늘 요셉의 두 번째 이야기를 했어요. 오늘 요셉은 놀라운 능력 또 하나를 보여 주었어요. 그것이 바로 죄를 이기는 능력이에요. 윙크가 요셉을 어떻게 했어요? 유혹했잖아요? 그럴 때 요셉은 어떻게 했어요? 유혹에 넘어갔나요? 아니에요. 윙크의 유혹과 싸웠어요. 어떻게 싸웠나요? 멋지게 싸웠잖아요. 이렇게 싸웠죠.

"사람 살려 주세요!"(요셉이 윙크를 피해 도망가던 장면을 재미있게 재현한다)

여러분, 죄를 이기는 아주 위대한 방법, 요셉이 알려 주는 위대한 방법이 있어요. 죄로부터 도망가는 거예요. 여러분, 나쁜 동영상을 이기려면 그 나쁜 동영상으로부터 도망쳐서 좋은 성경책을 봐야 해요. 나쁜 친구에게서 도망쳐서 좋은 친구를 만나세요.

나쁜 곳에 다니지 말고 좋은 교회에 다니세요. 누구처럼요? 요섭처럼요.

요섭에게 있는 두 가지 능력을 기억하나요? 지난주에 배운 것처럼 요셉이 노예로 팔려 갔지만 애굽 나라에 총리가 되었던 그 위대한 능력 첫 번째, "꿈! 붙들어!"(꿈 붙들어 각인 활동을 한다) 잘했어요.

이번에는 요셉의 또 다른 위대한 능력 두 번째! 하나님이 요셉을 쓰실 수밖에 없는 능력, 요셉이 축복을 받을 수밖에 없는 그 능력은 바로 죄를 이기는 능력이랍니다. 그런데 죄를 어떻게 이긴다고 했어요? 그렇지요. 죄로부터 도망가는 거예요. 멀리 멀리 도망가는 거예요. 죄로부터 멀리 멀리 도망가면 예수님 앞으로 가게 되지요. 요셉처럼 죄로부터 도망가세요. 죄가 우리를 유혹할 때 열심히 도망가야 하는 거예요. 그러면 누구 앞으로 가게 된다고요? 예수님 앞으로, 하나님 앞으로, 교회 앞으로 오는 친구들이 되세요. 그러면 하나님이 놀라운 사람들로 여러분을 키워 주시고 여러분을 축복해 주실 거예요.

재미있는 결론

각인 활동

목사님이 "죄!" 하면 "도망가!"(각인 모션을 재미있게 연출하여 연기한다) 요셉이 윙크한테 막 도망갔던 그 기분을 느끼면서 "도망가!"를 해 보세요.

"죄!"

"도망가!"

핵심 주제 메시지 강조

여러분, 죄를 이기세요. 죄로부터 승리하세요. 그러면 하나님이 높이 들어서 믿음의 영웅, 믿음의 사람으로 삼아 주실 거예요. 누구처럼요? 요셉처럼 말이에요.

결단 기도

"하나님 아버지, 요셉은 윙크가 죄 짓자고 유혹할 때에 죄를 이겼습니다. 그 죄로부터 열심히 도망쳤습니다. 하나님 아버지, 우리 모든 친구도 죄를 이기게 도와주세요. 죄로부터 도망쳐서 하나님 앞으로, 예수님 앞으로, 교회 앞으로 나오는 멋진 친구들 되게 도와주세요. 그래서 요셉처럼 믿음의 영웅, 하나님이 쓰시는 놀라운 하.쓰.람, 하나님이 쓰시는 사람이 되게 도와주세요. 예수님의 이름으로 기도드렸습니다. 아멘."

요셉 제3편 ✣ 답! 하나님!

_창 41:15~16

설교 말씀 : 창세기 41장 15~16절

"바로가 요셉에게 이르되 내가 한 꿈을 꾸었으나 그것을 해석하는 자가 없더니 들은즉 너는 꿈을 들으면 능히 푼다 하더라 요셉이 바로에게 대답하여 이르되 내가 아니라 하나님께서 바로에게 편안한 대답을 하시리이다."

분위기 열기

안녕하세요? 어린이 여러분! TV보다 더 재미있는 설교, 캐릭터 설교의 강장식 목사입니다. 오늘도 신나고 재미있는 성경말씀 함께 들을 준비됐나요? 자, 그럼 성경 이야기 속으로 들어가기 위해서 함께 외쳐 볼까요?

양손가락을 돌리면서 총을 쏘듯이 모든 아이가 집중해서 함께할 때까지 유도하는 것이 중요한 Tip

"이야기 큐!"

신선한 도입

[깨는 소리와 상황 연출 기법]

확실하게 청중의 분위기를 깨는 과감한 연기가 핵심

"아, 답답하다 답답해!" (이리저리 돌아다니며 뭔가 답답하여 안절부절 못하는 사람을 연기한다)

여러분, 어떤 사람이 "아 답답하다"라고 하면서 이리저리 돌아다녀요. 그런데 그 사람은 보통 사람이 아닌 것 같아요. 옷도 아주 멋지고, 그 사람이 사는 집은 매우 커요. 여러분은 이 사람이 어떤 사람인지 알아맞힐 수 있나요? 그 사람이 자기 왕궁을 답답하다면서 걸어 다니고 있어요. 누구일까요?

"자, 바로 왕 나와라! 짜자잔!"

바로 왕 ▶ "너무 답답하구나. 여봐라! 내 답답한 마음을 풀어 줄 자가 없느냐?"

바로 왕이 글쎄 답답하다고 하면서 자꾸 신하들을 괴롭히는 거예요. 자기 마음을 풀어 달라는 거예요. 그런데 바로 왕은 왜 이럴까요? 그것은 바로 바로 왕이 꾼 꿈 때문이에요.

바로 왕 ▶ "내가 말이야, 꿈을 꿨는데 말이야, 그 꿈의 의미를 알 수가 없어."

흥미진진한 본론

흥미진진한 스토리 속으로

신하 ▶ "임금님, 저기 우리나라에서 가장 똑똑한 박사를 불러 보겠습니다. 박사에게 한번 물어보시죠."

바로 왕 ▶ "그래, 정말로 똑똑한 박사가 있느냐?"

그래서 바로 왕은 나똑똑 박사를 부르기로 했어요. 여러분, 힘차게 불러 보세요.

"나똑똑 박사 나와라, 시작! 나똑똑 박사 나와라, 짜자잔!"

나똑똑 박사 ▶ "제가 나똑똑입니다. 저는 모르는 게 없습니다.

저는 아이큐가 200이 넘습니다. 저는 논문도 많이 썼고, 저는
아주 똑똑한 나똑똑입니다."

바로 왕 ▶ "그래? 그러면 네가 나의 꿈을 풀어 주도록 하여라."

나똑똑 박사 ▶ "네, 말씀만 하세요. 무슨 꿈을 꾸셨습니까?"

바로 왕 ▶ "그래, 잠시만 들어 봐. 내가 말이야 잠을 자고 있었
어. 그런데 말이야 꿈이 너무 이
상한 거야."

글쎄 꿈속에서 바로 왕은 무엇을 보았을까요?

"나와라, 시작! 나와라, 짠!"

바로 왕 ▶ "내 꿈에 말이야 뚱뚱한 소 일곱 마리가 나타난 거야.
뚱뚱한 소 일곱 마리가 나타나서 말이야 풀밭에서 열심히 풀을
뜯어 먹고 있는 거야. 그런데 말이야
여기서 끝나는 게 아니야. 조금 있으니까 더 이상한 게 나타난
거야."

"나와라, 시작! 나와라, 짠!

바로 왕 ▶ "오우! 아주 깡마른 소 여기 뼈
밖에 안 보이지. 뼈밖에 안 보이는 깡마른 소 일곱 마리가 또 풀
밭에서 서로 같이 이렇게 풀을 먹고 있는 거야."

여러분, 이 두 소가 뭐할 것처럼 보여요? 싸울 것처럼 보여요?
이 소들끼리 싸우면 누가 이길까요? 매일 밥을 열심히 먹고 뚱
뚱해진 그래서 체력도 좋아 보이는 뚱뚱한 소가 이길까요? 이렇
게 며칠을 아무것도 먹지 못해서 바짝 말라 있는 이 깡마른 소가

이길까요? 그렇지, 싸움하면 당연히 뚱뚱한 소가 이기겠지.

바로 왕 ▶ "내 꿈에서 아주 이상하고도 괴이한 모습이 보였어. 갑자기 깡마른 소가 말이야. 뚱뚱한 소를 이렇게 잡아먹은 거야. (깡마른 소 입에 뚱뚱한 소의 머리를 집어 넣는다) 그런데 괴상하게도 이렇게 깡마른 소가 뚱뚱한 소를 잡아먹고 나서도 전혀 배가 안 뚱뚱해. 깡마른 소는 그냥 그 괴이한 모습으로 있는 거야. 내가 이 꿈을 꾸고 깜짝 놀라서 일어난 거야. 나똑똑 박사, 어서 내 꿈을 해몽해 주게나."

나똑똑 박사 ▶ "잠시만요, 임금님. 꿈이 좀 심상치 않습니다. 제가 국제 도서관에 가서 임금님의 그 꿈을 해석해 보도록 하겠습니다. 제가 공부 좀 하고 올 테니까 조금만 기다려 주세요."

나똑똑 박사는 공부하러 도서관에 갔어요. 그리고 국제 도서관에 있는 모든 나라와 애굽 나라의 책들을 보며 연구했어요. 그리고는 나똑똑 박사가 돌아왔어요.

나똑똑 박사 ▶ "저기 임금님!"

바로 왕 ▶ "어서 나의 꿈을 풀어 주거라."

나똑똑 박사 ▶ "제가 열심히 모든 책을 보며 연구했거든요. 그런데 도대체 임금님의 꿈은 풀 수가 없었습니다요."

바로 왕 ▶ "뭐라고? 이 녀석, 나똑똑이라고? 너는 앞으로 '나바보'라고 하거라."

나똑똑 박사 ▶ "예에~ 알겠습니다요. 나바보, 나바보… (나바보를 하며 퇴장한다)

바로 왕 ▶ "아, 답답하구나! 누가 나의 꿈을 풀어 줄꼬?"

신하 ▶ "임금님! 이번에는요, 그냥 공부하는 박사들 말고요. '숭구리'라고 아주 점을 잘 치는 점쟁이가 있습니다요. 그 점쟁이에게 한번 물어볼까요?"

바로 왕 ▶ "그래, 그래 좋았어! 그 점쟁이를 한번 불러 보아라. 누구라고? 숭구리? 좋아!"

"숭구리 나와라, 시작! **뽀로뽀롱 뽀로뽀롱**" (숭구리 캐릭터 인형을 보여 주며)

숭구리 ▶ "안녕하십니까? 임금님. 제가 숭구리입니다. 제가 못 치는 점이 없고요. 못 맞추는 점이 없습니다. 다 물어보세요."

바로 왕 ▶ "그래, 저것을 좀 보거라. (융판에 붙여진 소 캐릭터 인형을 가리키며) 이런 나의 꿈 좀 풀어 주거라."

숭구리 ▶ "알겠습니다. 잠시만 기다리세요. 잠시 주문을 외우겠습니다. 숭구리~ 꿈! 숭구리~ 숭구리~ 꿈! 숭구리~ 나와라! 숭구리~ 꿈! 숭구리~ 꿈꿈 나와라!"

바로 왕 ▶ "꿈의 해답이 나왔느냐?"

숭구리 ▶ "아아~ 임금님 잘 안 나오는데요."

바로 왕 ▶ "뭐라고? 네가 무슨 숭구리라고? 이제부터 너는 숭구리가 아니라 '멍텅구리'라고 해라."

숭구리 ▶ "알겠습니다요. 멍텅구리, 멍텅구리." (멍텅구리를 말하며 퇴장한다)

　여러분, 이렇게 바로 왕이 꾼 꿈을 아무도 맞추는 사람이 없었어요.

바로 왕 ▶ "아! 답답해라. 이렇게 넓은 애굽 땅에서 나의 꿈을 풀어 줄 자가 아무도 없단 말이냐?"

신하 ▶ "그런데 임금님 저기 술 맡은 관원장이 임금님 뵙기를 원합니다."

바로 왕 ▶ "뭐라고? 어서 들라 하여라."

술 맡은 관원 ▶ "임금님, 제가 술 맡은 관원장인데요. 제가 지난번에 감옥에 갇혔을 때 제 꿈을 풀어 주어서 저를 석방시켜 준 꿈을 잘 푸는 소년이 있었습니다."

바로 왕 ▶ "어! 그래? 그런데 왜 얘기하지 않았느냐?"

술 맡은 관원 ▶ "임금님, 그 소년을 감옥에서 나오라고 할까요?"

바로 왕 ▶ "어서, 어서, 오라고 하여라!"

술 맡은 관원은 요셉을 감옥에서 풀어 주도록 임금님의 명령을 전했어요. 감옥에 있는 꿈을 잘 푸는 소년은 누구일까요?

"감옥 나와라, 짠!" (감옥이 등장한다)

자, 이름을 불러 보세요. 시작!

"요셉 나와라, 짠!" (요셉을 감옥 뒤에 등장시킨다)

요셉은 이렇게 감옥에서 나오게 되었어요. 이때를 위해서 하나님이 감옥에 요셉을 보내신 것 같아요. 곧바로 바로 왕을 만날 수 있는 기회가 이 감옥에서 생긴 거잖아요.

자, 요셉을 석방하라 시작!

"요셉을 석방하라."

이렇게 감옥에서 풀려난 요셉은 누구 앞으로 갔다고요? 맞아요. 곧바로 바로 왕의 앞으로 직행하게 됐어요.

바로 왕 ▶ “그래, 네가 요셉이라는 소년이구나. 네가 꿈을 잘 풀어 준다는 말이 있더구나. 그게 사실이냐?”

요셉 ▶ “아닙니다. 제가 꿈을 잘 푸는 것이 아니라 저에게 꿈을 푸는 지혜를 주신 하나님이 꿈을 풀도록 해 주시는 것입니다.”

바로 왕 ▶ “뭐! 하나님? 어찌됐건 어서 나의 꿈을 풀어 주도록 하여라.”

요셉 ▶ “예, 알겠습니다. 이 꿈은 하나님께서 바로 왕에게 꿈을 통하여 애굽의 미래를 말씀하시는 것입니다. 이것은 아주 중요한 것입니다. 잘 들어 보세요.”

바로 왕 ▶ “어! 그래. 어서 말해 보도록 하여라.”

요셉 ▶ “여기 보세요. (뚱뚱한 소를 보여 주며) 이 뚱뚱한 소 일곱 마리는 바로 7년 동안 애굽 나라에 풍년이 올 것을 예언하고 있는 것입니다. 풍년이 들었다는 것은 먹을 것이 많다는 것이니 이렇게 많이 먹고 살찐 것입니다. 먹고 살찔 수 있는 풍년이 7년 동안 온다는 이야기를 일곱 마리 뚱뚱한 소로 보여 주신 것입니다. 그렇다면 여기 있는 깡마른 소는 반대를 의미합니다. (깡마른 소를 보여 주며) 깡말랐다는 것은 풍년의 반대가 되는 흉년을 말합니다. 먹을 것이 없어 사람이 점점 말라 죽게 되는 그 무시무시한 흉년을 말합니다. 그런데 7년 동안 아무리 뚱뚱하게 많이 먹었어도 그 후 7년 동안 먹을 것이 없으면 이렇게 깡마른 소가 뚱뚱한 소를 잡아먹는 것처럼 7년 동안의 풍년이 아무 의미가 없어져서 애굽 나라에 있는 모든 사람이 다 위험해진다는 말씀을 하나님께서 바로 왕의 꿈에 보여 주시는 겁니다.”

당당하게 꿈을 해석하는 요셉의 멋진 모습을 연기한다.

바로 왕 ▶ "아니, 나의 꿈이 그런 꿈이었구나."

요셉 ▶ "그렇습니다."

바로 왕 ▶ "그럼, 어떻게 하면 되겠느냐?"

요셉 ▶ "제가 하나님의 지혜로 말씀 드리겠습니다. 앞으로 7년 동안 풍년이 들었을 때 그것을 다 먹지 말고 5분의 1을 남겨서 큰 창고에 곡식을 모아 두는 것입니다. 7년 동안 큰 창고를 하나씩 크게 만들어서 5분의 1씩 저축한다면 흉년이 들었을 때에도 그 창고에 있는 음식을 먹을 수 있기 때문에 애굽 사람은 단 한 사람도 죽거나 못 먹어서 병드는 자가 없을 것입니다."

바로 왕 ▶ "그렇단 말이냐? 너는 사람의 지혜를 가지고 말하는 자가 아니구나. 내가 너를 가만히 보니 진정으로 하나님의 사람이구나. 내가 너를 우리나라의 총리로 삼기를 원한다. 너는 이 애굽을 다스리는 총리가 되거라. 자, 이제 요셉을 총리로 임명하노라."

구연부에서 메시지부로의 전환 문장

바로 왕은 요셉을 총리로 임명했어요. 자, 바로 왕이 요셉을 총리로 임명했으니까 요셉의 모습이 총리 대신의 모습으로 변신해야겠네요. 자, 요셉 변신 시작!(요셉 캐릭터 인형을 총리 대신으로 변신시킨다) 우리 캐릭터 인형은 자유롭게 변신이 가능하잖아요. 요셉 변신을 외쳐 볼까요?

"요셉 변신! 짜자잔!(총리 대신 요셉 등장)

요셉은 멋진 총리로 변했어요. 바로 왕은 왕이라는 직책만 높은 것이고, 바로 왕은 요셉에게 애굽의 모든 살림을 맡겼어요. 요셉은 7년 풍년 때에 5분의 1씩 거두어들여서 큰 창고를 만들고 7년 흉년이 되었을 때에 창고를 하나씩 열어서 백성에게 나눠 주기 시작했어요. 그 결과 애굽에서는 흉년에 굶어 죽은 사람이 없었다니까요. 대단하죠. 여기서 한 가지 기억해야 할 것이 있어요. 앞에서 요셉에게 꿈을 푸는 능력이 있었잖아요. 그런데 꿈을 푸는 요셉의 그 능력은 요셉 것인가요? 아니었죠.

강력한 메시지 속으로(메시지부)

요셉은 분명 말했어요. 내가 꿈을 푸는 것이 아니고 하나님이 나에게 꿈을 푸는 지혜를 주신다고 말이에요. 바로 왕은 애굽 나라를 다스리는 왕이었고, 애굽 나라는 수많은 박사와 술객이 있었지만 아무도 바로 왕의 꿈을 풀지 못했어요. 왜냐하면 하나님만이 답을 가지고 계시기 때문이에요. 온 세상에 있는 모든 답답한 문제는 해답이 있어요. 누구한테 있어요? 하나님께 있는 거예요. 하나님은 모든 해답을 알고 계세요. 그러므로 우리는 요셉처럼 하나님의 해답을 받고 살아간다면 하나님의 능력 속에 살 수 있어요. 이것이 하나님 자녀가 누리는 특권이에요.

여러분, 이 세상 어떠한 박사들도 이런 문제들은 잘 해결하지 못해요. 이 세상은 누가 만들었지요? 우리 지구는 누가 만들었을까요? 지구 위의 모든 사람은 누가 만들었을까요? 온 우주에 있는 은하계의 수많은 별은 누가 만들었을까요? 이 세상 어떠한 박사들도 여기에 대해 정확하게 대답하는 사람이 없어요. 그런데 하나님은 바로 대답해 주세요. 성경을 통해서 대답해 주시지요. 창세기 1장 1절에 태초에 하나님이 천지를 창조하셨다고 했잖아요. 온 우주에 있는 모든 별 그리고 모든 생물은 다 하나님이 창조하셨다는 말씀이에요.

여러분, 또 하나 물어볼게요. 사람이 죽으면 어디로 갈까요? 이 세상에 있는 어떠한 박사들도 확실히 대답해 주는 사람이 없어요. 그런데 하나님은 말씀해 주세요. "한번 죽는 것은 사람에게 정해진 것이요 그 후에는 심판이 있으리니"(히 9:27). 한번 죽는 것은 사람에게 정해진 것이지만 그 후에는 두 번째 심판이 있다고 말씀하세요. 사람이 죽으면 예수님을 잘 믿었던 사람은 천국 가고요, 예수님을 믿지 않았던 사람, 불신했던 사람은 불못에 간다고 하잖아요. 성경말씀에 해답이 있어요.

여러분, 우리가 어떻게 하면 천국 가는 백성이 될 수 있을까요? 이 세상의 박사들도 모른다고 할 거예요. 그러나 하나님은 성경책을 통해 대답해 주세요. "주 예수를 믿으라 그리하면 너와 네 집이 구원을 받을 것"(행 16:31)이라고 말씀하고 계세요. 요한복음 1장 12절에는 "영접하는 자 곧 그 이름을 믿는 자들에게는 하나님의 자녀가 되는 권세를 주셨다"고 말씀하셨어요. 예수님을 영접하기만 하면 하나님의 자녀가 될 수 있는 거예요.

이 세상의 어떠한 사람들도 대답해 주지 못하는 문제들의 해답이 누구에게 있다고요? 그래요, 바로 하나님에게 모든 문제의 해답이 있어요. 우리 친구들도 마음속에 답답한 것이 있으면 하나님에게 가지고 나오세요. 그리고 기도해 보세요. 그러면 하나님이 그 모든 문제를 해결해 주신답니다. 요셉은 그런 하나님의 은혜로 위대한 애굽의 총리가 되었답니다.

재미있는 결론

각인 활동

이제 목사님이 "답" 하면 "하나님" 외쳐 보세요.

"답!"

"하나님!"

이제는 하나님을 외칠 때 손을 위로 올리면서 "하나님" 하는 거예요. 자, 연속해서 "답!" "하나님!"(양손을 위로 올리면서)

핵심 주제 메시지 강조

위에 계신 하나님이 우리의 모든 문제 해답을 가지고 계시잖아요. 그 하나님에게 무엇이든지 요셉처럼 물어보세요. 기도해 보세요. 그럼, 하나님의 뜻을 알 수 있을 거예요. 또한 성경말씀을 보세요. 더 분명하게 하나님의 대답을 알 수 있을 거예요. 그 믿음을 가지고 답하면 두 손을 위로 올리면서 "하나님" 하고 외치는 거예요.

"답!"

"하나님!"

결단 기도

하나님 아버지, 요셉은 바로 왕의 꿈을 풀었습니다. 그러나 요셉은 분명하게 말했습니다. 그 꿈을 푸는 능력은 나의 능력이 아니고 하나님의 능력이라고 말했습니다. 이 세상 모든 문제의 해답은 하나님이십니다. 그래서 저도 하나님에게 날마다 기도하고 성경 보고 사는 진짜 믿음의 사람이 되겠습니다. 요셉처럼 "답!" "하나님!"을 믿고 살겠습니다. 그래서 답답하게 사는 이 세상 사람들에게 또한 예수님을 불신함으로 지옥갈 수 있는 사람들에게 하나님을 알려 주겠습니다. 세계 만민에게 구원의 해답이요, 축복의 해답이신 예수님을 알려 주는 멋진 하나님의 백성이 되겠습니다. 요셉과 같은 멋진 '하쓰람'으로 살도록, 하나님이 쓰시는 사람으로 살 수 있도록 우리 모든 친구를 축복해 주세요. 예수님의 이름으로 기도드립니다. 아멘."

요셉 제4편 ❖ 파워 울트라! 사랑해!

_창 45:5

설교 말씀 : 창세기 45장 5절

"당신들이 나를 이 곳에 팔았다고 해서 근심하지 마소서 한탄하지 마소서 하나님이 생명을 구원하시려고 나를 당신들보다 먼저 보내셨나이다."

분위기 열기

안녕하세요? 어린이 여러분! TV보다 더 재미있는 설교, 캐릭터 설교의 강장식 목사입니다. 오늘이 벌써 요셉 이야기 4번째 시간이네요. 마지막 시간 아쉽죠? 하지만 끝까지 한번 잘 들어 보시면 요셉 이야기가 다 정리되는 시간이 될 거예요. 자, 다 같이 '이야기 큐' 해 보는 거예요. 시작!

양손가락을 돌리면서 총을 쏘듯이 모든 아이가 집중해서 함께할 때까지 유도하는 것이 중요한 Tip

"이야기 큐!"

신선한 도입

지난 설교 중 인상적인 인형을 등장시켜서 지난 설교와 이번 설교를 이어 가는 도입 방식

[인형 연상 기법]

(뚱뚱한 소와 깡마른 소 캐릭터 인형을 보여 주며) 짠! 여러분 기억하나요? 이 그림. (아이들의 반응을 본 후) 맞았어요. 지난 시간에 바로

왕의 꿈에 나타났던 뚱뚱한 소 일곱 마리와 깡마른 소 일곱 마리죠. (뚱뚱한 소 캐릭터를 앞으로 보여 주며) 이 뚱뚱한 소 일곱 마리는 어떤 의미였어요? 그래요. 애굽에 진행될 7년 동안의 풍년을 (깡마른 소 캐릭터를 앞으로 보여 주며) 여기 있는 깡마른 소 일곱 마리는 7년 동안의 흉년을 의미했어요.

이렇게 정확하게 애굽 왕 바로의 꿈을 풀어 준 사람이 누구죠? 두말하면 잔소리 바로 하나님의 꿈쟁이, 하나님의 지혜쟁이가 누구였죠?

흥미진진한 본론

흥미진진한 스토리 속으로(스토리 구연부)

"요셉 나와라, 한 번 더 시작! 요셉 나와라, 짠!"(요셉 캐릭터 인형을 보여 주며)

아이들이 백성인 듯 당당한 모습으로 말한다.

요셉 ▶ "저는 이제 애굽 나라의 총리가 되었습니다. 그러므로 이제부터 제가 하는 말을 잘 들어 보시기 바랍니다. 앞으로 7년 동안 우리 애굽 나라는 풍년이 올 겁니다. 그렇다고 먹을 것을 막 먹어 버리면 안 됩니다. 반드시 5분의 1은 꼭 나라에 내야 합니다. 그래서 큰 창고를 짓고, 풍년 때에 곡식을 모을 겁니다. 왜 그렇게 하냐면 7년 동안에 풍년이 온 다음에 뭐가 온다고요? 그렇습니다. 7년 동안에 무서운 흉년이 올 겁니다. 우리는 그때를 대비해야 합니다. 그래서 꼭 저축을 해야 합니다. 백성 여러분! 제 말을 잘 따라 주세요."

이렇게 총리가 된 요셉은 애굽 나라 백성에게 말했어요. 그랬더니 애굽 나라 백성이 뭐라고 했을까요. "와! 요셉 총리님 너무너무 잘생겼다. 야! 너무너무 말 잘한다. 야! 너무너무 지혜롭다" 하면서 요셉 총리의 말을 잘 따라 주었어요. 그래서 7년 동안의 풍년 기간 동안 곡식을 몇 분의 몇? 5분의 1을 항상 모아서 큰 창고를 짓기 시작했어요. 그리고 정말 요셉의 해몽대로 7년 풍년이 지나자 7년 동안 뭐가 왔을까요? 그렇지요. 흉년이 찾아왔습니다. 흉년에는 비도 안 오기 때문에 곡식 재배가 안 되어서 결국 사람들이 먹을 것이 없어지는 거예요. 그러나 애굽 사람들은 걱정할 것이 있었을까요? 맞았어요. 없었어요. 왜 없었어요? 그래요. 요셉을 통해서 하나님의 뜻을 받아들이고 순종했기 때문에 애굽 백성은 모두 다 그 흉년에 잘 살 수 있었던 거예요. 요셉 때문에 애굽은 흉년이지만 아주 안전한 나라가 되었어요.

그런데 여러분, 기억하나요? 요셉은 원래 어디 살았어요? 그래요, 이스라엘에 살았어요. 거기 지금도 누가 살아요? 지금도 야곱 아버지와 형들이 살고 있잖아요. 이 흉년에 야곱 집안은 어떻게 되었을까요?

"야곱 나와라, 형들 나와라, 시작! 나와라, 짠!"(야곱 캐릭터와 형 캐릭터를 등장시킨다)

야곱 ▶ "아~ 애들아 잠깐 모여 보도록 하거라."

야곱은 형들을 모았어요.

요셉 형 ▶ "아버님 부르셨습니까?"

야곱 ▶ "그래, 아무래도 안 되겠다. 지금 흉년이 몇 년째 되는지 모르겠구나. 이렇게 흉년이 계속 되다가는 우리 가족이 다 굶어 죽겠구나. 그런데 저기 애굽에는 곡식이 많이 있다고 하는구

나. 애들아! 그 애굽에 가서 곡식을 좀 사 올 수 없겠느냐?"

요셉 형 ▶ "네, 아버지 알겠습니다. 곧 저희가 애굽에 가서 곡식을 사 오도록 하겠습니다."

이렇게 해서 형들은 애굽으로 떠났어요. 야곱이 살던 땅에는 애굽처럼 똑같이 흉년이 들었어요. 그런데 준비를 하지 못했거든요. 그러니까 먹을 것이 없는 거예요. 그래서 형들은 애굽으로 곡식을 사러 모든 형은 함께 출발을 한 거예요. 사막을 지나고 지나서 비바람 그리고 모래 바람 그리고 뙤약볕 그것을 다 가로질러서 곡식을 얻기 위해 애굽으로 들어간 거예요.

(주변을 두리번거리며) "와~여기가 애굽이구나! 대단하다." 형들은 애굽의 모든 것이 신기했어요. 이렇게 형들은 애굽을 구경하고 있는데 갑자기 무엇인가 그들 앞을 딱 가로막는 거예요. 누가 가로막을까요?

"나와라, 시작! 나와라, 시작! 나와라, 짠!"

잠깐만 누구예요? (이집트 군사 캐릭터 인형을 보여 주며) 이집트 군사였어요.

이집트 군사 ▶ "잠깐!"

요셉 형 ▶ "어? 왜 그러십니까?"

이집트 군사 ▶ "너희들은 누구냐?"

요셉 형 ▶ "저희들은 이스라엘 나라에서 곡식을 사러 여기까지 온 백성입니다."

이집트 군사 ▶ "그래? 곡식을 사려면 우리 총리님을 만나야 되느니라. 너희는 어서 날 따라오너라."

이집트 군사가 이끄는 대로 요셉 형들은 총리 요셉을 만나는 자리로 가게 되었어요. 군사를 따라가면서도 형들은 "와! 여기는 집들이 다 좋다. 야! 지나 다니는 아가씨들도 예쁘고 크크크." 형들은 정신없이 구경하면서 군사를 따라갔어요. 어느 만큼 오자.

이집트 군사 ▶ "잠깐! 여기서 총리를 만나도록 하겠다. 여기서 무릎 꿇고 앉아 있도록 해라."

요셉 형 ▶ "네, 알겠습니다."

형들은 모두 무릎을 꿇고 애굽 나라에 그 무시무시한 총리가 나온다니까 모두 겁이 나서 기다렸어요. 그때 정말 문이 삐꺽 열리더니 누군가 나오는 게 아니겠어요.

누가 나왔을까요?

"나와라, 시작! 나와라, 짠!"(요셉 총리 캐릭터를 등장시킨다)

우리 요셉이 나타난 거예요. 요셉이 가장 높은 자리에 떡 하니 앉았어요. 형들은 너무너무 무서워서 바들바들 떨면서 요셉을 쳐다보았어요. 그런데 참 신기한 일이죠. 형들은 요셉을 알아보았을까요? 못 알아보았을까요? 그래요, 맞아요! 단 한 사람도 알아보지 못하는 거예요. 왜 그랬을까요? 그건 당연해요. 왜냐하면 요셉이 형들한테 노예로 팔려서 애굽에 온 나이가 열일곱 살이라고 하잖아요.

지금 요셉은 서른 살이 되었어요. 13년이라는 긴 시간이 흘렀기 때문에 아마 형들은 요셉을 못 알아본 것 같아요. 또 요셉이 애굽 총리의 너무 멋진 옷을 입고 있으니까 못 알아볼 만도 하죠.

긴장 속에 속없이 익살부리는 형을 연기한다.

요셉 형 ▶ "어유~ 저분이 총리님이신가 봐. 야! 너무 잘생기신 것 같아. 와! 옷도 너무너무 좋다."

형들은 서로 수군수군했어요.

요셉 ▶ "잠깐! 너희들은 어디서 왔느냐?"

요셉 형 ▶ "네, 저희들은 이스라엘 나라에서 왔습니다."

요셉 ▶ "뭐하러 왔느냐?"

요셉 형 ▶ "저희들은 배가 고파서 곡식을 사러왔습니다. 정말입니다."

요셉 ▶ "아니다. 너희는 간첩같구나."

요셉 형 ▶ "아닙니다. 절대로 저희는 간첩이 아닙니다."

요셉 ▶ "그렇다면 증거를 대 보거라.

요셉 형 ▶ "저희는 야곱 가문의 사람들입니다. 저희 집에는 베냐민이라는 동생도 있고요. 정말입니다."

요셉 ▶ "그렇다면 너희가 간첩이 아니라는 증거로 베냐민을 데리고 올 수 있느냐?"

요셉 형 ▶ "네? 물론 야곱 아버지가 안 좋아하시겠지만 데려올 수 있습니다."

요셉 ▶ "그러면 베냐민을 데리고 와 보거라."

그러자 형들은 요셉의 명령대로 베냐민을 데리러 이스라엘로 갔어요. 그리고 야곱 아버지를 설득해서 결국 베냐민을 데리고 온 거예요.

자, 여러분! 베냐민이 궁금하지요? 요셉도 무척이나 동생이 보고 싶었을 거예요. 베냐민은 요셉이 열일곱 살 때 한두 살 정도의 갓난아기였어요. 지금은 거의 13년이 지났으니까 10대가 되었겠네요.

"베냐민 나와라, 시작! 베냐민 나와라, 짜자잔!"(베냐민 캐릭터 인형을 보여 주며)

베냐민이에요. 어떻게 생겼어요? 귀엽게 생겼잖아요. 이 베냐민을 누가 가장 보고 싶었을까요? 물론 요셉이지요. 자기 엄마 라헬의 하나밖에 없는 친동생 그래서 엄마 얼굴이 기억나는 너무 너무 사랑스러운 동생이었어요. 이 베냐민을 만난 요셉의 마음은 어땠을까요? 정말 사랑하고 싶고, 껴안아 주고 싶고, 뽀뽀하고 싶고 그랬을 거예요. 그렇죠? 하지만 그러면 돼요? 안 돼요? 안 되니까 요셉은 꾹 참고 있었어요. 그리고 형들에게 말했어요.

요셉 ▶ "좋다! 앞으로 베냐민만 여기 애굽에 남기고 너희들은 곡식을 가지고 너희 집으로 떠나도 좋다."

이러한 명령을 들은 형들은 난데없는 말에 너무나 당황해하면서 전부가 한결같이 말했어요.

요셉 형 ▶ "안 됩니다, 안 됩니다, 총리님! 절대로 그러면 안 됩니다. 베냐민을 놓고 가면 우리 야곱 아버지가 너무 슬퍼하실 겁니다. 저희들은 그렇게 할 수 없습니다. 제발 베냐민도 함께 돌아가게 해 주세요."

형들은 너무나 간절하게 애원하듯 요셉 총리에게 말했어요.

요셉 형 ▶ "저희들이 옛날에 요셉이라고 하는 동생이 있었는데 그 동생에게 우리가 잘못을 저질렀습니다. 그래서 하나님이 우리에게 벌을 주시는 것 같습니다. 총리님, 제발 우리를 도와주세요. 제발 도와주세요."

형들은 애원을 하는 거예요. 베냐민을 꼭 데리고 갈 수 있도록 야곱 아버지에게 슬픔을 주지 않게 하기 위해서 형들은 막 애원을 하는 거예요. 자, 그 모습을 보고 있던 요셉은 "흥~쌤통이다.
잘됐다. 너희는 이제 다 죽었어"라고 했을까요? 아니었어요. 마
음속에서 벌써 형들을 사랑하고 싶은 마음이 막 솟아나는 거예
요. 그래서 명령했어요.

요셉 ▶ **"여기 있는 이집트 군사들과 모든 하인은 다 물러가도록
하여라."**

요셉은 명령을 했어요. 그래서 모든 군사와 하인은 물러갔어요.
그리고 요셉은 형들이 무릎 꿇고 있는 곳으로 내려갔어요. 뚜벅
뚜벅 내려갔어요. 그리고 형들에게 가까이 갔어요. 그리고 말했
어요.

요셉 ▶ **"형님들, 제가 요셉입니다."**

구연부에서 메시지부로의 전환 문장

여러분, 형님들은 요셉이 자기가 총리가 되었다는 것을 알려 주
었을 때 어떻게 반응했을까요? "우와! 이제 살았다"라고 했을까
요? 아니면 더 무서워했을까요? 더 무서워하는 거예요. 그런데
왜 형들은 요셉이 총리가 되었다는 것을 알고 더 무서워했을까
요? 자기들이 요셉에게 지은 잘못이 있잖아요. 자기들이 노예로
팔아 버린 요셉이 총리가 돼서 내려오니까 무서워서 더 덜덜덜
떠는 게 아니겠어요. 이제 요셉의 손에 자기들의 생명이 달려 있
잖아요. 요셉은 총리가 되어 있고 자기들은 간첩으로 몰려서 무
릎을 꿇고 있고 큰일 났잖아요. 형들은 더 무서워서 덜덜덜 떨었
어요.

강력한 메시지 속으로(메시지부)

그때 요셉이 아주 멋진 말을 하는 거예요. 무슨 말을 했는지 아나요? 자, 성경책을 같이 한번 볼래요. 창세기 45장 5절 말씀 오늘 본문 말씀인데요. 한 번 읽어 볼까요.

"당신이 나를 이곳에 팔았다고 해서 근심하지 마소서 한탄하지 마소서 하나님이 생명을 구원하시려고 나를 당신들 앞서 보내셨나이다."

여러분, 두려움에 떨고 있는 형들을 요셉은 하나님의 지혜와 사랑으로 덮어 주고 있었어요.

요셉 ▶ "형님들! 너무 두려워하지 말아요. 너무 무서워하지 말아요. 사실은 하나님이 나를 애굽으로 먼저 보낸 거예요. 형님들이 물론 나를 미워서 보냈지만 그러나 그것은 하나님의 손길이었어요. 내가 이렇게 애굽에 와서 총리가 되어 있으니까 얼마나 좋아요. 형님들, 어서 어서 아버님을 모셔 오세요. 그리고 집에 있는 모든 분도 모셔 오세요. 우리 애굽에서 잘 살 수 있어요. 제가 총리니까 고센 땅이라는 멋진 땅을 드릴 게요. 어서 오세요."

요셉은 형들이 미웠을까요? 안 미웠을까요? 너무너무 미웠을 거예요. '에이, 형님들을 꿀밤 줄까? 꼬집어 줄까? 아니면 칼로 그냥…' 그런데 요셉은 형들을 괴롭히는 마음 대신, 미워하는 마음 대신, 하나님의 마음, 예수님의 마음으로 대했어요. 이 마음이 어떤 마음일까요? 그래요, 사랑하는 마음이에요. 요셉은 미움과 사랑 중에 사랑으로 용서하는 마음을 선택하기로 한 거예요. 그리고 하나님의 뜻을 받아들인 거예요. "하나님 아버지, 하나님 아버지가 이렇게 하셨군요. 저는 하나님 아버지를 믿으니까 저들을 사랑할게요. 제 마음속에는 분노가 있어요. 화가 나요. 가끔씩 미워지기도 하지만 이제부터 형들을 사랑할게요." 요셉은 형들을 사랑하기로 결정했던 거예요.

이것이 요셉의 네 번째 위대한 힘이에요. 요셉은 파워 울트라맨이에요. 여러분! 만화 속에 나오는 파워 울트라맨은 괴물도 때리고 다 부수고 그러잖아요. 그런데 진정한 파워, 진정한 힘, 진정한 파워 울트라맨은 바로 뭐하는 사람이겠어요? 사랑하는 사람이에요. 누구처럼? 요셉처럼요.

그래서 요셉은 보통 사람이 아니에요. 누굴 닮았어요? 우리가 잘 아는 분, 사랑으로 이 세상을 다 다스리시는 분! 나폴레옹이라는 사람은 칼로 세상을 정복하려고 했지만 하지 못했는데 예수님은 뭐로 세상을 정복했다고요? 사랑으로 정복했다. 맞았어요. 예수님은 사랑으로 온 세상을 정복한 분이에요. 우리는 예수님을 왜 믿나요? 예수님이 우리를 사랑해 주셔서 믿잖아요.

요셉은 누굴 닮았어요? 예수님을 닮았어요. 파워 울트라맨 예수님을 닮은 사랑의 사람 요셉이에요.

재미있는 결론

각인 활동

자, 오늘 말씀 잘 들었어요? 요셉이 하나님께 쓰임 받을 수밖에 없는 네 가지 이유, 그동안 하나씩 4번의 설교를 통해서 알아보았어요. 첫 번째, "꿈! 붙들어!" 맞았어요. 꿈을 꾸세요. 하나님의 꿈을 꾸는 자는 하나님이 그 꿈을 보장하시고 성취해 주신답니다. 두 번째, "죄! 도망가!" 맞았어요. 여러분, 죄로부터 승리하세요. 그러면 하나님이 여러분의 인생을 지켜 주시고 보호하시고 여러분을 놀라운 사람으로 만들어 주실 거예요. 세 번째, "답! 하나님!" 맞았어요. 인생을 살다 보면 답답하고 어려운 문제가 생길 수 있어요. 그러나 그 모든 문제 해답은 누구한테 있다고요? 맞았어요. 하나님께 있는 거예요. 그리고 여러분, "파워 울트라"라고 외쳐 보세요. 시작! 그리고 "파워 울트라"를 외치면서 양손을 마치 보디빌딩하는 선수의 포즈를 취해 보세요.

"파워 울트라!"(보디빌딩하듯 양팔을 올려 근육 자랑을 하듯 연기한다)
그리고는 "사랑해" 하면서 하트를 그려 보세요.

여러분! 이 세상에서 가장 강력한 힘, 파워 울트라는 예수님처럼, 요셉처럼 사랑하는 것이라는 것을 꼭 기억하세요.

핵심 주제 메시지 강조

누구처럼요? 요셉처럼! 이렇게 요셉은 꿈을 가지고 죄를 이기고 모든 문제의 해답을 하나님에게 맡기고, 하나님에게 구하고 사랑하면서 살았어요. 그리고 요셉은 예수님을 닮은 사람, 그래서 우리 모든 친구가 본받아야 할 성경의 위대한 위인이에요. 요셉을 닮아 보세요. 그리고 요셉처럼 살아 보세요. 그러면 요셉처럼 하나님이 위대하게 여러분 모두를 써 주실 거예요. 그래서 가장 위대한 인생을 살 수 있는 축복의 사람이 될 수 있을 거예요. 누구처럼? 요셉처럼!

결단 기도

지금은 혹시 요셉처럼 살지 못해도 이제부터 결심하면 하나님이 도와주실 거예요. 자, 요셉처럼 살고 싶은 친구들 손들어 보세요. 요셉처럼 하나님에게 쓰임 받고 싶은 친구들 손들어 보세요. 좋았어요. 그 깨끗한 손, 거룩한 손 모두 모아 보세요. 그리고 눈을 감으세요. 깨끗하고 거룩한 마음으로 같이 기도하는 거예요.

"하나님 아버지, 요셉은 예수님을 닮은 사람이에요. 꿈을 꾸는 사람, 죄를 이긴 사람, 모든 해답이신 하나님 앞에 살았던 사람, 그리고 미워하던 형들도 하나님 말씀으로 사랑했던 사람, 요셉은 예수님을 닮은 사람이에요. 예수님, 우리 친구들도 요셉을 닮고, 예수님을 닮아가는 멋진 믿음의 친구들이 되게 도와주세요. 네 번의 설교를 통해 하나님의 지혜를 깨닫고, 요셉처럼 온 세상을 구원하고, 온 세상을 하나님 나라로 만드는 예수님을 닮은 진정한 '하쓰람', 하나님이 쓰시는 사람이 되게 도와주세요. 예수님의 이름으로 기도드렸습니다. 아멘."

PART
03

캐릭터 설교
공과 워크북

캐릭터 설교로 신나는 공과 시간을 만들자.
어린 영혼들과 게임을 통해 성경 이야기 속 주제를 인지시킨다.
개인, 소그룹, 공동체 놀이를 통한 말씀 인지는 어린 영혼들의 마음속에 영원히 남을 것이다.

공과 활용

캐릭터 설교 교사용 교재 활용법

● 중심 주제

하나님의 꿈으로 세상을 정복한 사람, 요셉처럼 하나님의 꿈을 꾸고 붙들면
하나님의 영웅이 될 수 있다.

● 중심 말씀 : 창세기 45장 5절

"당신들이 나를 이곳에서 팔았다고 해서 근심하지 마소서 한탄하지 마소서 하나
님이 생명을 구원하시려고 나를 당신들보다 먼저 보내셨나이다."

● 본 교재 학습의 탁월성

1. 주제 말씀 집중 원리

2. 에듀테인먼트(edutainment) 원리

3. 반복 학습 원리

4. 체화 학습 원리

● 본 교재의 단계별 학습 원리

본 교재는 학습 심화 및 확장 3단계를 통해 말씀의 학습을 진행, 적용하도록 고안
되어 자연스럽게 학습자 삶의 변화를 이끌어 내고 있다.

1단계 개인화 단계 ▶ 예배 시간에 개인적으로 설교 말씀에 반응하고 인지하는 단계로 캐릭터 설교 과정이다.

2단계 소그룹화 단계 ▶ 소그룹 활동과 학습을 통해 말씀이 인지 단계에서 체화 단계로 나아가도록 하는 분반 공과 단계 과정이다.

3단계 공동체화 단계 ▶ 개인적으로 인지되고 체화된 말씀을 공동체와 함께 놀이하고 함께 기도함으로써 공동체의 말씀으로 수용하고 적용하는 단계로 공동체 학습 레크(레크리에이션) 과정이다.

각 과정별 학습 과정과 목표

1. 캐릭터 설교

본 교재는 요셉 설교 시리즈의 각 주제에 맞추어 모든 학습 활동이 디자인되었다. 즉 설교자가 선포한 말씀이 다음세대들에게 아주 효과적으로 입력되고 적용되도록 하였다. 본 과정의 목적은 말씀의 이야기와 주제를 아주 재미있게 어린이들에게 인지시키고 감화시키는 데 있다.

2. 분반 학습

분반 활동은 크게 두 부분으로 나뉜다. 설교 말씀이 잘 인지되었는지를 재미있는 게임 방식으로 복습하는 과정과 인지한 말씀을 자연스럽게 익히게 하여 스스로 만들기 등을 하면서 체화하는 과정이다.

● **말씀 복습 게임 – 말씀 인지 재구성 & 주제 재인식 과정**

캐릭터 복습 게임 ▶ 설교 시간에 등장한 캐릭터 인형을 보여 주면서 자연스럽게 '들은 설교'를 '자신들의 언어로 재구성하여 타인에게 들려주게' 하는 과정으로 설교자의 말씀이 다음세대들의 인식 세계 속으로 연결되는 과정이다.

퀴즈 복습 게임 ▶ 설교의 중요 핵심을 재강조하기 위해 퀴즈 방식으로 재미있게 반복하여 인지시키는 과정으로, 설교자가 선포한 말씀의 주제를 분반 교사가 다시 한 번 재강조하여 말씀 주제를 재인식시키는 과정이다.

● **말씀 체화 과정: 말씀 DIY**

이야기식의 설교로 재미있게 이해된 설교 말씀을 게임식으로 재구성하고, 퀴즈로 재인식시킨 후 만들기 등의 과정을 통해 스스로 체화하는 과정이다. 체득된 지식을 몸과 생활에 배게 하는 체화 과정으로 개인적 변화를 유도한다.

3. 공동체 학습 레크 – 공동체 놀이 & 공동체 변화

분반 활동 이후 다시 공동체적으로 게임 활동을 할 경우 역시 말씀의 주제를 강화하고 확장시킬 수 있는 학습 레크를 진행한다. 즉 선포된 말씀을 공동체적 놀이를 통해 강화하고 확장하여 공동체적 변화를 이끄는 과정이다.

	1과	2과	3과	4과
제목	꿈! 붙들어!	죄! 도망가!	답! 하나님!	파워 울트라! 사랑해!
본문	창 37:5	창 39:12	창 41:15~16	창 45:5
주제	하나님의 꿈을 꾸는 하쓰람이 되자.	죄로부터 승리하는 요셉의 비결을 배우자.	모든 것의 해답이 되시는 하나님을 신뢰하자.	가장 강력한 파워 울트라인 사랑과 용서의 힘을 키우자.
등장 캐릭터	야곱, 요셉, 요셉 형, 노예상인	요셉, 노예상인, 보디발 장군, 윙크	바로 왕, 나똑똑 박사, 숭구리, 술 맡은 관원, 요셉	총리 요셉, 요셉 형, 베냐민, 이집트 군사
말씀 복습게임	캐릭터 복습 게임 스피드 퀴즈 게임	캐릭터 복습 게임 스피드 퀴즈 게임	캐릭터 복습 게임 스피드 퀴즈 게임	캐릭터 복습 게임 스피드 퀴즈 게임
말씀 체화 학습	꿈 선언문 꿈액자 만들기	회개문 십자가 만들기	기도문 성경 열쇠고리 만들기	사랑의 편지 하트볼펜 만들기
공동체 학습 레크	꿈컵 게임	VICTORY 게임	해결 미사일 게임	사랑의 터널 게임

요셉 제1편 ✤ 꿈! 붙들어!

_창 37:5

주제	하나님의 꿈쟁이 요셉	본문	창 37:5
교육 목표	하나님의 꿈을 꾸면 반드시 이루어진다는 믿음을 가지고 하나님의 꿈을 꾸게 한다.	등장 캐릭터	요셉, 야곱, 요셉 형, 노예상인
학습 자료	요셉, 야곱, 요셉 형, 노예상인 캐릭터 인형, 볏짚단 소품, 260풍선 소품	공과 시간	30~90분 진행 (교회 여건에 맞춰 활용 가능)

말씀 복습 게임

캐릭터 설교 후 각인 모션을 크게 외치게 하고 주제곡을 부른다. 말씀 복습 게임을 진행한다. 캐릭터 복습 게임으로 요셉 1편의 이야기를 아이들의 방식으로 표현하게 한 후 스피드 퀴즈 복습 게임을 통해 요셉 1편의 주제를 명확히 인식시킨다.

말씀 체화 학습

체화 학습 과정에서는 자기 자신의 꿈 선언문을 쓰도록 함으로써 꿈에 대해 생각하는 시간을 가지게 하며, 자기 자신의 꿈 액자를 만들면서 자기 꿈에 대한 소중함을 깨닫게 한다. 그리고 완성된 꿈 액자를 들고 다른 친구들에게 자신의 꿈을 선언하게 하고 한 주간의 말씀 적용 과제를 준다.

공동체 학습 레크

펀 학습 레크는 꿈껍 나르기 게임을 하여 우승팀의 꿈을 들어 보고 중보해 주는 방법으로 학습시킨다.

분반 학습 과정

☆ 말씀 복습 게임

➡ 캐릭터 복습 게임

선포된 설교의 이야기를 스스로 재구성하여 자연스럽게 자기 것으로 삼는 과정이다. 야곱, 요셉, 요셉 형, 노예상인 캐릭터 인형을 각각 등장시켜 캐릭터 인형의 이름을 물어보고 이야기를 말하도록 유도함으로써 '들은 이야기'의 단계에서 아이들 스스로 '들려주는 스토리텔러'로 단계 변화를 이끈다.

"어린이 여러분 오늘 목사님 설교 제목이 뭐였죠? 네, '꿈! 붙들어!'였지요. 자, 그럼 선생님과 함께 '꿈! 붙들어!' 모션 3번 해 봅시다. 준비 시작! 이번에는 '꿈! 붙들어!' 주제곡을 부르겠습니다. (찬양 후) 자, 이제부터 설교 말씀을 얼마나 우리 친구들이 잘 들었나 게임을 통해서 알아보는 시간이에요. 게임은 아주 간단해요. 선생님이 보여 주는 캐릭터 인형의 이름과 그 캐릭터 인형이 나와서 어떤 이야기를 했는지 아는 사람은 손을 들고 맞추는 거예요."

야곱부터 설교 시간의 순서대로 인형을 보여 주며 아이들이 들은 설교가 얼마나 정확한지 혹은 어떻게 이해하고 있는지를 살펴 가며 잘한 친구에게는 상을 준다. 상은 각 교회의 달란트나 간단한 선물이면 된다.

➡ 스피드 퀴즈 복습 게임

설교자의 말씀 주제를 재강조하기 위한 과정이다. 위의 캐릭터 복습 게임의 과정에서 이야기의 인식 정도를 확인하고 향상시켰다면 이 과정에서는 말씀의 주제를 다시 한 번 강조하여 확실하게 진리를 인지하게 하는 과정이다.

1. 요셉이 형들보다 더 뛰어났던 능력은?(하나님의 꿈을 꾸는 능력)
2. 형들이 요셉을 미워했던 까닭은?(요셉의 꿈 이야기를 듣고 기분이 나빠서)
3. 애굽 나라 노예로 팔려 간 요셉이 그 어려움 속에서도 하나님이 쓰시는 위대한 사람이 될 수 있었던 이유는?(어떠한 경우에도 하나님의 꿈을 꼭 붙들고 살았기 때문에)

☆ 말씀 체화 학습

➥ 글로 쓰기: 꿈 선언문

자, 요셉은 하나님의 꿈을 꾸고 그 꿈을 붙들고 살았기 때문에 하나님의 위대한 일꾼이 되었잖아요. 우리 친구들도 이 시간에 하나님께서 주신 자신만의 꿈을 써 보는 시간을 가져 볼 거예요. 하나님께 기도하는 마음으로 꿈 선언문을 작성해 보도록 해요. 자, 꿈 선언문은 선생님이 준비한 예쁜 종이에 쓰도록 준비했어요.(본 교재 부록에 있는 꿈 선언문을 나누어 준다)

➥ 말씀 DIY 만들기: 꿈 액자 만들기

이번에는 여러분의 꿈 선언문을 넣을 꿈 액자(직접 샘플을 보여 준다)를 만들 거예요. 왜 이렇게 멋진 액자를 만들어야 할까요? 여러분은 소중하니까요! 여러분의 소중한 꿈을 더욱 멋지게 해 줄 꿈 액자를 만들어 보세요.(아래의 만들기 설명을 하며 작품을 완성할 수 있도록 지도한다)

꿈 액자 만들기

1. 골판지를 가로 19cm, 세로 15cm를 가위로 자른다.
2. 2cm 넓이로 원하는 색깔로 4개를 자르고 사각형으로 붙인 후 OHP 필름을 붙인다.
3. 2를 1에 3면만 붙인다.
4. 수수깡을 잘라서 자유롭게 테두리에 붙인다.
5. 해바라기를 양 끝에 4개 붙인다.
6. 꿈 선언문을 액자에 끼운다.

➥ 말하기(선언하기): 꿈 발표하기

분반 학습 시간 동안 자신의 꿈을 발표하게 하고 격려한다.

➥ 실천하기: 꿈 숙제

한 주간 요셉처럼 꿈을 붙들고 사는 친구들이 되기 위해서 과제를 내 주도록 하겠어요. 첫째, 과제는 집에 돌아가자마자 이 꿈 액자를 여러분이 가장 잘 볼 수 있는 곳에 걸어 두고 매일매일 수도 없이 액자를 보는 거예요. 둘째, 하루에 반드시 아침과 저녁에 세 번씩 액자 속 자신의 꿈을 외쳐 보는 거예요. 그리고 꿈을 외친 후 어떤 기분이 드는지 감상문을 써서 다음 주에 선생님에게 제출하는 친구에게 선생님은 아주 좋은 선물을 준비해 둘 거예요. 알았지요? 자신의 꿈을 위해 잠자기 전에는 기도해야 하는 것도 명심하세요.

🤖 공동체 학습 레크(놀이+적용)

분반 활동이 끝난 후 함께 모여서 공동체 학습 레크를 진행한다.

☆ 꿈컵 나르기 게임

개인의 꿈이 하나님의 공동체 안으로 모여 함께 그 꿈을 이루어 간다는 의미의 학습 레크다.

➡ 게임 방법

1. 종이컵과 색종이를 주어 각자 꿈컵을 만들고 아이들이 꿈컵에 자기의 꿈을 적게 한다.
2. 팀 별로 나무젓가락을 나누어 주어 그 나무젓가락을 입에 물고 학생들 꿈컵을 입에서 입으로 나르면서 각 팀별 큰 꿈통에 가장 많이 빠르게 전달한 팀이 우승하는 게임이다.
3. 제한된 시간에 가장 많이 빠르게 꿈컴을 각 팀 꿈통(미리 쓰레기통 등을 이용해 예쁘게 만든다)에 넣은 팀이 우승이다.

➡ 말씀 적용 방법

우승팀 시상을 의미 있게 해 준다. 즉 부서에서 가장 영적인 권위가 있는 분이나 담임목사님이 해 주시면 더 좋다. 우승팀의 꿈통에서 영적인 권위가 있는 분이 그 아이들의 꿈을 읽어 주면서 그 꿈의 성취를 선포해 준다. 그리고 축복 기도를 해 준다.

▶다른 팀들은 각 팀의 선생님들이 함께 기도해 줌으로써 1과 학습 놀이를 마친다.

기타 응용 활동 Tip

성경 학교 공과 활동이나 캠프, 새신자 기념 액자로 활용한다. 캐릭터 인형을 보면서 역할극을 해도 효과적이다.

공과 실전
02

요셉 제2편 ✣ 죄! 도망가!

_창 39:7~12

주제	죄의 유혹으로부터 승리한 요셉	본문	창 39:7~12
교육 목표	하나님의 꿈을 꾸는 요셉과 같은 믿음의 영웅은 또한 죄와의 싸움에서도 반드시 승리할 줄 알아야 진정한 '하쓰람'이 될 수 있음을 교훈한다.	등장 캐릭터	요셉, 노예상인, 보디발 장군, 윙크
학습 자료	요셉, 노예상인, 보디발 장군, 윙크 캐릭터 인형, 260풍선 채찍 소품	공과 시간	30~90분 진행 (교회 여건에 맞춰 활용 가능)
학습 방법	말씀 복습 게임		
	캐릭터 설교 후 각인 모션하고 주제곡을 찬양한다. 캐릭터 복습 게임으로 요셉 2편에 나오는 캐릭터들을 등장시켜 캐릭터에 대해 이야기를 나누고, 스피드 게임(말로, 단어로)을 하여 본문을 각인시킨다.		
	말씀 체화 학습		
	나를 유혹하는 죄에 대해 회개문을 쓰게 한다. 그리고 그 죄를 해결할 수 있는 풍선 십자가와 죄 풍선을 만든다. 그 다음 회개 기도를 시킨 후 죄 용서의 확신을 위해 이사야 1장 18절 말씀에 자신의 이름을 넣어 크게 읽게 한 후 죄 풍선을 터트리게 한다.		
	공동체 학습 레크		
	공동체 놀이 활동으로는 빅토리(VICTORY) 게임으로 '죄! 도망가!'를 외치며 그 주제가 각인되도록 학습하는 놀이를 한다.		

📝 분반 학습 과정

⭐ 말씀 복습 게임

➥ 캐릭터 복습 게임

오늘 요셉 두 번째 이야기를 잘 들었나요? 각인 활동을 함께 해 봐요. "죄! 도망가!"(각인 모션을 유도하며 함께한다)

요셉과 노예상인 그리고 보디발 장군, 윙크 캐릭터를 등장시키고, 이름과 캐릭터에 대해 물어보고 이야기하도록 한다.

➥ 스피드 퀴즈 복습 게임

1. 보디발의 집에서 요셉에게 찾아온 위기는 무엇이었나요?(하나님 앞에서 죄를 범하도록 윙크를 통해 찾아온 죄의 유혹이 요셉의 위기였다)

2. 죄의 유혹을 이기는 요셉의 비법은 무엇인가요?(죄로부터 도망가기)

3. 죄로부터 승리하는 요셉의 비법을 적용하여 친구들이 자주 범하는 죄에 대해 이야기해 보고 그 죄를 이기는 방법을 연습해 보자. 보기의 예를 보고 빈 칸을 채우고 서로 발표해 본다(예: 나쁜 동영상을 보는 죄에서 도망하여 성경으로 나아가는 하쓰람이 되자. 나쁜 친구를 만나는 죄에서 도망하여 좋은 친구 우리 예수님에게로 나아가는 어린이가 되자).

1) ___________ 죄에서 도망하여 _______________(으로, 에게로) 나아가는 하쓰람이 되자.
2) ___________ 죄에서 도망하여 _______________(으로, 에게로) 나아가는 하쓰람이 되자.

요셉은 하나님의 꿈을 꾸는 사람이었을 뿐 아니라, 어렸을 때부터 죄를 이기는 사람이었어요. 그래서 하나님은 요셉을 위대하게 사용해 주신 거예요. 어떻게 하면 죄를 이길 수 있나요? 요셉의 죄 승리 비법은 죄로부터 최대한 빨리 그리고 멀리 도망가는 것이었습니다. 여러분은 죄의 유혹을 이기는 믿음의 영웅이 되고 싶지 않나요? 그렇다면 체화 학습 단계로 나아갈까요.

☆ 말씀 체화 학습

➡ 글로 쓰기: 회개문 쓰기

요셉처럼 죄로부터 승리하는 사람이 되고 싶나요? 그렇다면 죄를 회개하는 훈련을 반드시 해야 해요. 여러분의 죄를 하나님에게 용서받는 길은 예수님의 십자가 보혈을 믿고, 자신의 죄에 대해 용서를 구하는 회개의 기도를 드리는 것뿐이에요.("무슨 무슨 죄를 회개합니다"로 끝말을 통일시킨다. 예: 친구랑 싸운 죄를 회개합니다)

➡ 말씀 DIY 만들기: 풍선 십자가와 죄 풍선 만들기

오직 죄를 이기는 비법은 죄로부터 도망쳐 십자가로 나아가는 길이에요. 여러분은 이것을 믿나요? "아멘!" 그렇다면 그 죄사함의 십자가를 풍선으로 다 같이 재미있게 만들어 보아요.(아래의 만들기 설명을 하며 작품을 완성할 수 있도록 지도한다)

풍선 십자가 만들기

1. 5cm 남기고 풍선에 공기를 넣는다.
2. 3cm 방울을 만들어 겹꼬기 한 후 7cm 방울을 만든다. 7cm 방울 ▶ 3cm 겹꼬기 ▶ 2cm 방울 ▶ 3cm 겹꼬기 ▶ 7cm 방울을 양끝의 7cm 방울끼리 잠근 후 가운데 있는 2cm 방울을 터트린다.
3. 10cm방울 ▶ 3cm 겹꼬기를 한 후 나머지 풍선을 터트려 묶는다.

죄 풍선 만들기

일반 풍선(주로 글씨를 잘 쓸 수 있는 밝은색 풍선)을 크게 불어 자기 자신의 죄를 간단하게 쓰게 한다(예: 욕, 거짓말 등).

➡ 말하기(고백하기): 회개문 읽기와 회개 기도

여러분이 만든 풍선 십자가 너무 멋지네요. 예수님의 십자가 능력 중의 능력은 바로 우리의 모든 죄를 용서해 주시는 능력이에요. 십자가를 믿고 회개문을 작성한 친구들은 이제 돌아가면서 그 죄를 서로 고백해 보도록 하겠어요.(고백을 다 한 후 교사는 아이들과 함께 자신의 죄를 회개하는 회개 기도의 시간을 가지도록 가르치고 돕는다)

"그러므로 너희 죄를 서로 고백하며 병이 낫기를 위하여 서로 기도하라 의인의 간구는 역사하는 힘이 큼이니라"(야고보서 5:16).

➡ 실천하기: 죄 풍선 터트리기와 잠자기 전 회개 기도하기(과제)

1. 죄 풍선 터트리기: 죄 용서의 확신을 주기 위해 자신의 죄를 쓴 죄 풍선을 아래 성경을 큰

소리를 읽게 한 후 터트리게 한다.

"너희(자기 이름 넣어서)의 죄가 주홍 같을지라도 눈과 같이 희어질 것이요 진홍같이 붉을지라도 양털같이 희게 되리라"(이사야 1: 18).

2. 잠자기 전 회개 기도하기: 하루 중 잠들기 전, 그날 하나님 앞에 지은 죄가 없는지 한 번 생각해 보고 생각나는 죄를 꼭 회개 기도한 후 잘 것을 과제로 준다.(일주일 점검표를 주고 체크를 해 오도록 하면 더 효과적이다)

공동체 학습 레크(놀이+적용)

분반 활동이 끝난 후 함께 모여서 공동체 학습 레크를 진행한다.

☆ 빅토리(VICTORY) 게임

죄를 이기는 방법은 그 죄로부터 신속히 도망가는 것임을 각인시키기 위한 공동체 게임이다.

게임 방법

1. 먼저 검정색 판이 위로 오게 해서 바닥에 놓는다.

2. 한 팀씩 나와 검정색을 "죄, 도망가!"라고 외치며 계속 흰색판으로 뒤집게 한다(소요 시간 3분).

3. 이때 방해꾼을 두세 명 정도 넣어 두고 흰색을 검정색으로 계속 바꾸게 한다.

4. 방해꾼이 "죄! 도망가"를 외치지 않는 사람들을 발견하고 손으로 치면 그 사람은 탈락이다.

   ▶정해진 시간에 흰색판이 가장 많이 올라오게 한 팀이 우승한다.

기타 응용 활동 Tip

전도 축제 레크리에이션, 부서 단합대회, 문화 스쿨, 문화 체험 등에 활용한다.

요셉 제3편 ✥ 답! 하나님!

_창: 41:15~16

주제	모든 것의 해답이 되시는 하나님	본문	창: 41:15~16
교육 목표	모든 것의 해답이 되시는 하나님을 의지하고 살면 반드시 위대한 하나님의 사람이 되는 것을 알게 한다.	등장 캐릭터	바로 왕, 나똑똑 박사, 숭구리, 술 맡은 관원, 요셉
학습 자료	바로 왕, 나똑똑 박사, 숭구리, 멍텅구리, 관원, 요셉, 살찐 소와 깡마른 소 소품, 감옥 소품	공과 시간	30~90분 진행 (교회 여건에 맞춰 활용 가능)

말씀 복습 게임

캐릭터 설교 후 각인 모션하고 주제곡을 찬양한다. 캐릭터 복습 게임으로 요셉 3편에 나오는 캐릭터들을 등장시켜 캐릭터에 대해 이야기를 나누고, 스피드 퀴즈를 하여 본문을 각인시킨다.

말씀 체화 학습

자신의 문제가 고민될 때 하나님을 찾을 수 있도록 개인 기도문을 작성하게 한다. 만들기에서 '성경 열쇠고리'를 만들어 하나님 말씀 안에서 인생의 답을 찾게 한다.

공동체 학습 레크

공동체 놀이 활동으로 효과적인 학습 레크는 '해결 미사일 게임'을 하면서 하나님, 또는 예수님을 외침으로 다시 한 번 요셉 3편의 학습 내용이 각인되게 하는 방법으로 학습시킨다.

📝 분반 학습 과정

⭐ 말씀 복습 게임

➡ 캐릭터 복습 게임

여러분, 오늘 설교 말씀 잘 들었나요? 얼마나 잘 들었는지 지난번 설교도 기억해 볼 겸 각인 활동 복습해 보겠습니다. "꿈!"(붙들어!), "죄!"(도망가!), 오늘 배운 "답!"(하나님!) 잘했어요. 자, 오늘의 캐릭터를 보여 줄게요. 설교 시간에 어떤 이야기를 들었는지 우리 함께 말해 보기로 해요.(바로 왕, 나똑똑 박사, 숭구리, 술 맡은 관원, 요셉 캐릭터 등을 보여 주며 성경 이야기를 구성해 간다)

자, 외쳐 보세요! 스피드 퀴즈 게임! 가장 먼저 손을 들고 맞추는 친구에게 선물을 주기로 하겠어요.

➡ 스피드 퀴즈 복습 게임

1. 바로 왕이 꿈 꾼 내용은?(일곱 마리 살찐 소와 일곱 마리 깡마른 소 이야기)
2. 바로 왕의 꿈을 요셉은 어떻게 풀어 주었나요?(7년 풍년과 7년 흉년 이야기로 풀어 주었다)
3. 요셉은 바로 왕의 꿈을 어떻게 풀 수 있었나요?(하나님의 능력으로, 그리고 기도하는 능력으로)

여러분 아주 잘 맞추었어요. 가장 많이 맞춘 친구 ○○에게 예쁜 선물을 주겠습니다. 박수~

요셉은 바로 왕이 꿈을 풀어 보라 할 때 당당한 모습으로 이렇게 말했어요. "임금의 꿈을 푸는 것은 저의 능력이 아니에요. 그것은 하나님만이 아시고 하나님만이 해석하실 수 있죠." 여러분의 꿈과 문제의 해답도 하나님만 아시고 해결하실 수 있어요.

여러분, 바로 왕이 답답해하던 모든 것의 해답은 어디에 있었나요? 예, 요셉에게 있었어요. 더 정확히 말하면 요셉의 마음속에 계신 하나님께 있었어요. 여러분도 요셉처럼 모든 것이 해답이 되시는 하나님을 의지하고 살면 반드시 위대한 하나님의 사람이 될 거예요.

☆ 말씀 체화 학습

➡ 글로 쓰기: 답답 기도문

자신의 답답 기도문 쓰기▶ 자신의 마음을 답답하게 만드는 고민이나 어려움이 있으면 "무엇무엇의 답답함을 풀어 주세요"라고 답답 기도문을 작성한다.(예: 저는 공부를 잘 못해요. 그래서 시험 볼 때마다 고민이에요. 공부를 잘할 수 있도록 저의 답답함을 풀어 주세요. 혹은 예수님, 저는 친구를 전도하고 싶은데 잘 안 돼요. 저의 답답함을 풀어 주세요)

➡ 말씀 DIY 만들기: 성경 열쇠고리 만들기

하나님의 뜻과 해답은 그분의 말씀인 성경 안에 있음을 알기 위해 만들기를 한다. 성경말씀이 구원받은 그리스도인들에게는 마치 열쇠와 같은 역할을 한다는 사실을 익히게 하여 진행한다.(아래의 만들기 설명을 하며 작품을 완성할 수 있도록 지도한다)

성경 열쇠고리

1. 흰색 클레이 2g 정도를 주물러 사각형(가로 2cm, 세로 3cm, 두께 1cm)을 만든다.
2. 보라색 클레이 2g 정도를 주물러 가로 약 5cm, 세로 약 2cm의 직사각형을 만든다(흰색 사각형보다 약간 크게 만든다).
3. 보라색 직사각형으로 흰색 사각형을 둘러싸 책 모양을 만든다.
4. 칼등을 이용해 보이는 흰색 부분을 눌러 주어 책장 느낌을 표현한다.
5. 칼등을 이용해 성경책 옆 표지 부분을 가로 세로로 눌러 준다.
6. 성경책 앞 표지에 흰색 클레이로 십자가를 만들어 붙인다.
7. 9자핀과 열쇠고리를 연결해 완성한다(9자핀 끝에 순간접착제를 발라 꽂으면 빠지지 않는다).

➡ 말하기(기도하기): 답답한 문제 기도하기

각자의 기도문을 돌아가면서 읽음으로써 자신의 답답한 문제를 위해 기도한다.

➡ 실천하기: 친구를 위해 중보기도하기와 성경 2장씩 읽기

교사는 기도 짝꿍을 맺어 주어 서로의 기도 제목을 교환하게 한다. 그리고 한 주간 기도 짝꿍의 기도 제목을 가지고 하루에 한 번 이상 중보기도해 주기를 과제로 낸다. 또한 개인적으로 성경을 두 장씩 한 주간 동안 읽는 훈련을 시킴으로써 기도와 말씀을 통해 하나님 안에 있는 인생의 해답을 배우고 실천하도록 작은 변화를 이끌어 낸다.

🐵 공동체 학습 레크(놀이+적용)

분반 활동이 끝난 후 함께 모여서 공동체 학습 레크를 진행한다.

☆ 해결 미사일 게임

인생의 모든 해답은 하나님의 주권 가운데에 있다. 하나님은 어떤 사람에게 그분의 뜻과 답을 허락하시는가? 요셉처럼 하나님을 믿고 사랑하는 사람에게 허락하신다. 따라서 하나님을 진정으로 사랑하는 친구들로 변화시키기 위한 게임이다.

➡ 게임 방법

1. 미사일 풍선을 준비한다.
2. 적당한 인원수로 팀을 나눈다.
3. 각 팀에서 한 사람씩 대표가 되어 한 줄로 선다.
4. 미사일 풍선을 들고 힘껏 날리면서 "답! 하나님 또는 예수님 사랑해요!"라고 크게 외치게 한다.(소리가 작은 사람은 실격이라고 하여 큰 소리를 유도한다)
5. 가장 멀리 해결 미사일 풍선을 던진 팀이 이기며 총 인원 중 가장 많은 승리자가 있는 팀이 우승이다.
   ▶ 본 게임은 큰 소리로 하나님과 예수님을 사랑한다고 외치게 하면서 요셉처럼 하나님을 사랑하고 의지하며 이웃을 사랑할 수 있도록 놀이 속에서 몸에 익히게 하는 게임이다.

> ### 기타 응용 활동 Tip
>
> 전도 선물, 놀토 문화스쿨 작품, 야외 활동 놀이 활용하면 효과적이다. 등장하는 캐릭터들을 조합하면 나만의 새로운 캐릭터 인형을 만들 수 있다.

요셉 제4편
파워 울트라! 사랑해!

_창 45:1~15

주제	파워 울트라맨 요셉의 용서의 힘은 사랑	본문	창 45:1~15
교육 목표	자신을 애굽에 팔아 버린 형들을 용서하는 파워 울트라맨 요셉처럼 가족과 친구들을 용서하고 사랑하는 하나님의 믿음의 영웅, 하나님의 꿈쟁이가 되게 한다.	등장 캐릭터	총리 요셉, 요셉 형들, 베냐민
학습 자료	총리 요셉, 형들, 베냐민 캐릭터 인형	공과 시간	30~90분 진행 (교회 여건에 맞춰 활용 가능)

<table>
<tr><td rowspan="6">학습 방법</td><td colspan="3">말씀 복습 게임</td></tr>
<tr><td colspan="3">캐릭터 설교 후 각인 모션하고 주제곡을 찬양한다. 캐릭터 복습 게임으로 요셉 4편에 나오는 캐릭터들을 등장시켜 캐릭터에 대해 이야기를 나누고, 스피드 게임을 하여 본문을 각인시킨다.</td></tr>
<tr><td colspan="3">말씀 체화 학습</td></tr>
<tr><td colspan="3">용서해야 할 일이나 아픔을 작성하고, 사랑해야 할 대상자에게 사랑의 편지를 쓰게 한다. 펀 만들기에서 '사랑의 하트 볼펜'을 만들고, 용서하고 사랑해야 할 사람들에게 선물로 줄 수 있도록 한다.</td></tr>
<tr><td colspan="3">공동체 학습 레크</td></tr>
<tr><td colspan="3">공동체 놀이 활동으로 효과적인 펀 학습 레크는 '사랑의 터널 게임'을 하여 외침으로 다시 한 번 요셉 4편의 학습 내용이 각인되게 하는 방법으로 학습시킨다.</td></tr>
</table>

✎ 분반 학습 과정

☆ 말씀 복습 게임

➡ 캐릭터 복습 게임

어린이 여러분! 목사님의 요셉 4편 설교 말씀 잘 들었나요? 자, 각인 활동을 해 볼까요? "파워 울트라!"(사랑해!) 잘했어요.

총리 요셉, 요셉 형, 베냐민을 등장시키고, 이름과 캐릭터에 대해 물어보고 이야기한다.

➡ 스피드 퀴즈 복습 게임

1. 요셉과 베냐민의 관계는?(요셉의 친엄마 라헬이 낳은 친동생)

2. 요셉이 형들을 진정으로 용서할 수 있었던 이유는?(야곱 가문을 살리시기 위한 하나님의 깊은 뜻을 깨닫고 형들을 사랑하는 마음을 가졌기 때문에)

3. 형들의 잘못을 용서한 요셉의 행동은 이 세상 죄인들을 용서하신 누구의 행동과 닮아있나요?(예수님)

여러분, 아주 잘 맞추었어요. 가장 많이 맞춘 친구 00에게 예쁜 선물을 주겠습니다. 박수~

여러분, 이 세상에서 가장 강한 힘은 칼의 힘이 아니라 나에게 잘못을 행한 사람을 용서할 줄 아는 힘, 바로 사랑의 힘이랍니다. 그래서 형들을 용서하고 사랑한 요셉은 파워 울트라맨이랍니다. 예수님을 닮은 요셉처럼 우리 친구들도 가족과 친구들을 용서하고 사랑하는 사람이 되세요.

☆ 말씀 체화 학습

📢 글로 쓰기: 사랑의 편지 쓰기

자, 우리 친구들 잠시 생각해 볼까요? 혹시 여러분이 사랑한다고 말하고 싶은 사람이 있나요? 혹은 용서해 주고 싶은 사람이 있나요? 그럼 요셉처럼 사랑의 편지, 용서의 편지를 써 볼까요.

📢 말씀 DIY 만들기: 사랑의 선물 만들기

이번 순서는 여러분이 용서하고 사랑해야 할 사람에게 선물을 줄 수 있는 하트 볼펜을 만들 거예요. 여기에 보이는 하트 볼펜인데요. 아주 쉽고 재미있어요. 예쁘게 만들어 볼까요.(아래의 만들기 설명을 하며 작품을 완성할 수 있도록 지도한다)

리본 하트 볼펜

1. 볼펜 똑딱이 부분과 볼펜심 부분에 양면테이프를 붙여 준다(볼펜심이 나오도록 똑딱이를 누른 상태에서 붙여 준다).
2. 리본을 약 20cm 자른 후 라이터로 정리해 준다.
3. 1의 볼펜에 리본을 동일한 간격으로 돌려 감아 준다.
4. 3의 하트 쿠션을 글루건으로 붙여 준다.
5. 붙여진 하트 쿠션에 구슬로 십자가 모양을 만들어 준다.

📢 말하기(나누기): 사랑과 용서의 편지 서로 나누기

자, 친구들! 아주 잘 만들었네요. 이 시간은 이 선물을 받을 사람에게 사랑과 용서의 편지를 서로 나누어 볼까요? 물론 하고 싶은 친구들만 하면 돼요. 자! 하고 싶은 친구 손을 들어 볼까요?(자연스럽게 나누도록 유도한 후 그 사랑과 용서의 대상을 위해 기도하게 한다)

📢 실천하기: 사랑과 용서의 선물 전해 주기

사랑해야 할 사람에게 사랑과 용서의 내용이 담긴 편지와 리본 하트 볼펜을 주중에 만나서 선물한다.

공동체 학습 레크(놀이+적용)

분반 활동이 끝난 후 함께 모여서 공동체 학습 레크를 진행한다.

☆ 사랑의 터널

게임 방법

1. 출발선에서 한 발로 걸음을 뛰며 간다(혼자 가기는 어렵고 두 발로 가야 힘들지 않다. 연령에 따라 규칙을 적절히 조정한다).

2. 두 번째 포인트에선 뒤로 가기(바로 가지 않고 뒤로 가는 것은 순리를 따르지 않고 자기 멋대로 하겠다는 것).

3. 사랑의 터널을 지나고 하트 풍선에 본인이 용서해야 할 사람의 이름을 쓰고 "친구야! 사랑해!" 두 번 외치고, 사랑의 나무에 열매를 달고 가장 먼저 들어오는 팀이 우승이다(사랑의 나무가 없으면 용서 풍선을 터트리고 돌아와도 된다).

> ### 기타 응용 활동 Tip
>
> 전도 선물, 생일 선물, 문화 체험, 놀토 문화스쿨 활용 작품, 체육대회에 활용하면 효과적이다.

새로운 미래교회의 절대 희망, 다전설!

한국교회의 위기 속에서 새로운 미래교회의 소망을 논할 때, 절대 희망을 주는 존재들이 있다. 그들은 바로 다전설이다. 한국교회의 미래는 다음세대에게 달려 있고 그 다음세대는 다전설에게 달려 있기 때문이다. 모세가 가나안에 들어가 정복자가 되어야 할 다음세대를 위해 그토록 몸부림친 것처럼 다전설들은 미래교회의 회복과 부흥을 위해 다음세대를 붙들고 몸부림쳐야 한다. 오늘날 한국교회는 프로그램이 넘쳐 나는 시대를 살고 있다. 그러나 어떤 프로그램이 나온다 할지라도 말씀 사역을 대신할 수는 없다. 이것이 다음세대 전문 설교자가 절대적으로 필요한 이유며, 모든 사역자가 다전설이 되어야 할 이유다. 오직 사단의 진영에서 영혼을 탈환해 낼 수 있는 다전설, 세상 재미와 세속 물결에 이미 감염되어 버린 다음세대를 치유하고 새롭게 일으킬 다전설들만이 미래교회의 절대 희망이다.

본서는 미래교회의 절대 희망인 다전설들을 일깨우고, 보다 효과적인 다음세대 설교법인 캐릭터 설교법을 제시해 주고, 더 좋은 설교법이 나올 수 있도록 도전하기 위해 저술되었다.

신성욱 교수는 그의 책《청중을 사로잡는 설교의 삼중주》에서 설교에도 '삼중주'(Preaching Trio)가 있다고 말했다. 설교의 삼중주란? 설교를 구성하는 세 가지 요건으로, 설교의 내용(content)과 구조(frame), 전달 기법(strategy)이라는 것이다. 따라서 설교는 전달하는 사람과 전달할 내용만 중요한 것이 아니라 전달받는 사람과 전달 방식도 너무 중요하다는 의식의 전환이 현대 설교자들에게 절실히 필요하다. 특히 다음세대 전문 설교자들에는 두말할 나위도 없다.

그런데 현대를 사는 다음세대들에게 설교하기가 어려운 네 가지 시대적 특징이 있다. 첫째, 포스트모던 시대의 영향을 받은 세대이기에 설교하기가 어렵다. 포스트모던의 대표적 특징은 탈권위주의와 다양성 그리고 다원주의로 요약할 수 있다. 즉 설교에는 권위가 아주 중요한데 점점 설교자의 권위를 인정하지 않고, 절대 진리에 대한 권위까지도 인정하지 않는 시대적 흐름 속에서 과거의 권위적이며 일방적인 선포 방식은 비효과적 설교 방법이 되어 버렸다. 물론 일방적인 선포형 설교가 잘못된 설교법은 아닐지라도 비효과적 설교법인 것만은 분명한 시대가 되었다.

둘째, 멀티미디어의 영상문화에 중독되어 있는 세대이기에 설교하기가 어렵다. 조사에 의하면 미국인들은 하루 평균 7시간 40분 동안 TV을 켜 놓고 생활하고, 1인당 하루 평균 TV 시청 시간이 4시간에 이른다고 한다. 우리나라 역시 2002년 등장한 P세대는 하루 평균 6시간을 인터넷과 TV를 보며 지낸다고 한다. 즉 현시대는 영상물이 넘쳐 나는 시대라는 것이다. 그래서 지금을 사는 다음세대들은 영상문화에 중독된 세대라고 할 수 있다. 그러므로 멀티미디어 영상세대에게 설교문만 가지고 들려주는 방식은 비효과적인 시대가 되어 버렸다.

셋째, 집중력이 현저히 떨어진 세대이기에 설교하기가 어렵다. 2008년에 영국의 한 보험사가《텔레그래프》와 함께 성인 천 명을 대상으로 조사한 결과, 현대인이 한 가지 일에 집중할 수 있는 시간은 5분 7초에 불과하다고 했다. 10년 전 같은 조사에서 12분이라는 결과가 나왔던 것과 비교하면 절반 이상 떨어진 수치라고 한다. 영국에서는 집중력 감소 때문에 일어난 사고에 대한 손실액이 2011년 한 해 16억 파운드, 우리 돈으로 3조 6,500억 원에 해당한다고 밝혔다. 이 정도로 현대인들의 집중력은 현저히 약화되어 있다. 이런 상황에서 설교 시간에 청중을, 특히 어린 세대들을 집중시키는 것은 정말 어려운 일이다.

넷째, 펀세대이기에 설교하기가 어렵다. 현대 아이들의 구호는 이런 것 같다. "재미가 아니면 죽음을 달라!" 아이들의 손에서 떠나지 않는 것이 있다. 게임기다. 아이들은 숨 쉬는 것과 동시에 재미있는 것을 찾고 그것에 몰입한다. 그래서 아이들의 절대 가치는 재미다. 재미가 있으면 어떤 것이든 선하고, 재미가 없으면 악으로 여긴다. 아이들에게 단 두 종류의 교회만 있다. 재미있는 교회와 재미없는 교회다. 설교 역시 마찬가지다. 그런데 일단 재미없는 교회라고 생각하면 아이들은 교회에 가지 않는다. 소통이 끊어지는 것이다. 필자는 이런 시대적 아이들을 펀세대라고 부른다. 그리고 펀세대를 공략하기 위해서는 거룩한 펀을 제대로 사용할 수 있는 다전설이 필요하다고 생각한다.

결국 네 가지 현대적 특징을 극복해 낼 수 있는 설교법이 절실한 시대에 봉착해 있다. 바로 캐릭터 설교법은 이런 세대들에게도 적합한 설교법인 것을 본서는 아주 실용적 관점에서 제안했다.

먼저 캐릭터 설교는 권위적인 설교자가 아닌 친구 같은 재미있는 설교자를 만나게 된다. 설교 내용도 권위를 이용해 집중시키거나 강조하기보다 스토리텔링을 진행하면서 자연스럽게 아이들이 참여하고 공감하는 설교 시간이 된다. 이는 설교연출노트를 쓰듯이 설교를 구성하기 때문에 멀티미디어적인 요소들이 장착되어 오히려 고정된 영상보다 더 실감나고 재미있게 설교를 상상하며 보고 듣기 때문이다. 그 일등 공신이 캐릭터 인형이다. 구연법을 사용한 스토리텔링 방식과 캐릭터 인형의 등장, 그리고 전략적 설교 구성법은 아이들의 연약한 집중력을 확실하게 잡아 주어 설교 시간이 언제 흘러가는지 모르게 만들어 준다. 결국 캐릭터 설교법으로 설교를 하고 나면 아이들은 입을 모아 "설교 시간이 가장 재미있어요"라고 말하게 될 것이다. 그러므로 설교의 고수가 되기 위해 한 맺힌 사람처럼 수련해 주길 바란다. 그래서 위대한 설교자들이 경험하는 설교자의 영광을 경험해 보길 바란다.

20세기 위대한 설교자 로이드 존스는 그의 《목사와 설교》라는 책에서 "설교 사역은 인생이 받을 수 있는 소명 중에서 가장 고상하고 위대하고 영광스러운 소명이다"라고 하여 설교의 중요성과 설교자의 영광에 관하여 말했다.

설교자가 된 것 자체가 영광스러움이다. 그런데 그것에 더하여 다음세대 전문 설교자는 다음세대를 위해 부름 받은 영광스러운 존재다. 이것을 자각하고 다전설로서 조국교회의 미래를 책임져 주길 부탁하며 이 글을 마무리한다.

"다전설이여, 그대는 가장 영광스러운 존재다. 미래교회의 절대 희망으로 빛을 발하라!"

자투리 코칭

본서는 어려운 신학 서적으로 기획되지 않았다. 다음세대 설교자들의 실제적인 고민을 현장에서 어떻게 대응해야 하는가에 중점을 두고 썼기 때문이다. 그렇기 때문에 설교의 원론적이거나 신학적인 내용은 본서의 영역이 아니다. 그런 내용은 더 좋은 서적을 통해 섭취하시고 본서가 제시하는 내용들을 적용해 본다면 만족할 만한 성과를 이룰 수 있을 것임을 확신한다.

부록에 있는 공과 자료 '꿈 선언문', '회개문', '답답 기도문', '사랑의 편지'는 각 공과의 말씀 체화 학습 때 뜯어서 바로 사용하거나 예쁜 종이에 복사하여 아이들에게 나눠 주면 된다. 또는 (주)넥서스 홈페이지 **www.nexusbook.com** 에 도서 인증 후 자료를 다운받을 수 있다.

1과의 '꿈 선언문' 활용시 꿈을 꾼 미래 자기 모습을 상상해서 직접 그리게 하고, 선생님들은 사인을 하여 아이들에게 주고 꿈 액자에 끼워 사용하게 한다.

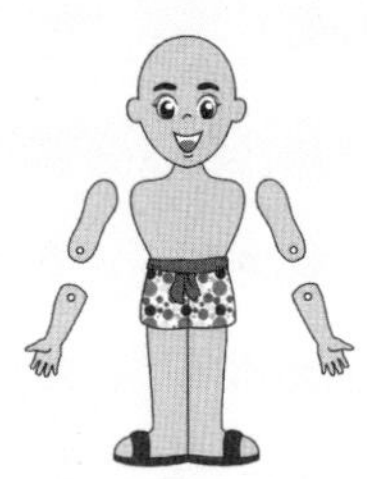   

1 오린 인형을 코팅하여 0.5m 간격을 두고 다시 오린다. 각각 인형 몸체와 팔과 다리는 분리시킨다. 왜냐하면 아이들은 관절이 움직이는 느낌을 좋아하기 때문이다.

2 인형 몸체와 팔, 다리 관절 부분에 침핀을 고정하여 관절이 움직이게 한다.

3 머리와 옷을 만든다. 가능한 한 옷은 다양하게 디자인하는 게 좋다. 왜냐하면 다른 느낌의 캐릭터 창조시 효과적이기 때문이다.

4 인형의 머리와 몸체 부분에 벨크로를 부착한다. 인형 뒤판에도 벨크로를 부착하여 융판에 붙여서 활용할 수 있게 한다.

Tip

관절을 움직이게 하면 아이들이 좋아하는 느낌의 캐릭터를 제작할 수 있고, 열 개 인형으로 다른 느낌의 100가지 캐릭터를 만들 수 있다.

의 꿈 선언문 

이름 :

꿈 :

이유 :

미래 자기 모습

믿음의 영웅
후견인 사인

(인)

（　　　　　　　　）의 회개문 

1.

2.

3.

4.

5.

6.

7.

8.

9.

10.

"하나님, 저는 죄인입니다. 위에 있는 죄를 회개합니다. 저의 죄를 용서해 주세요. 예수님의 피로 깨끗이 씻어 주세요. 앞으로는 하나님의 꿈을 꾸며, 죄가 다가오면 죄로부터 도망가고, 하나님이 쓰시는 사람, 하쓰람이 되겠습니다. 예수님 이름으로 기도드립니다. 아멘!"

년　　　월　　　일

(인)

  의 답답 기도문 

1.

2.

3.

4.

5.

6.

7.

8.

9.

10.

"하나님, 저는 위와 같은 것들이 고민이 되고 답답할 때가 있어요. 하나님의 지혜와 능력을 주셔서 요셉처럼 문제의 해답을 알고 승리하는 사람이 되게 해 주세요. 이 모든 말씀 예수님 이름으로 기도드립니다. 아멘!"

년　월　일

(인)

♥ 사랑의 편지 ♥

내가 용서하고 사랑해야 할 사람에게 편지를 써 보아요.

[요셉] 얼굴, 몸

캐릭터의 검정색 바깥 선을 따라 오려서 사용하세요!

[요셉] 다리

캐릭터의 검정색 바깥 선을 따라 오려서 사용하세요!

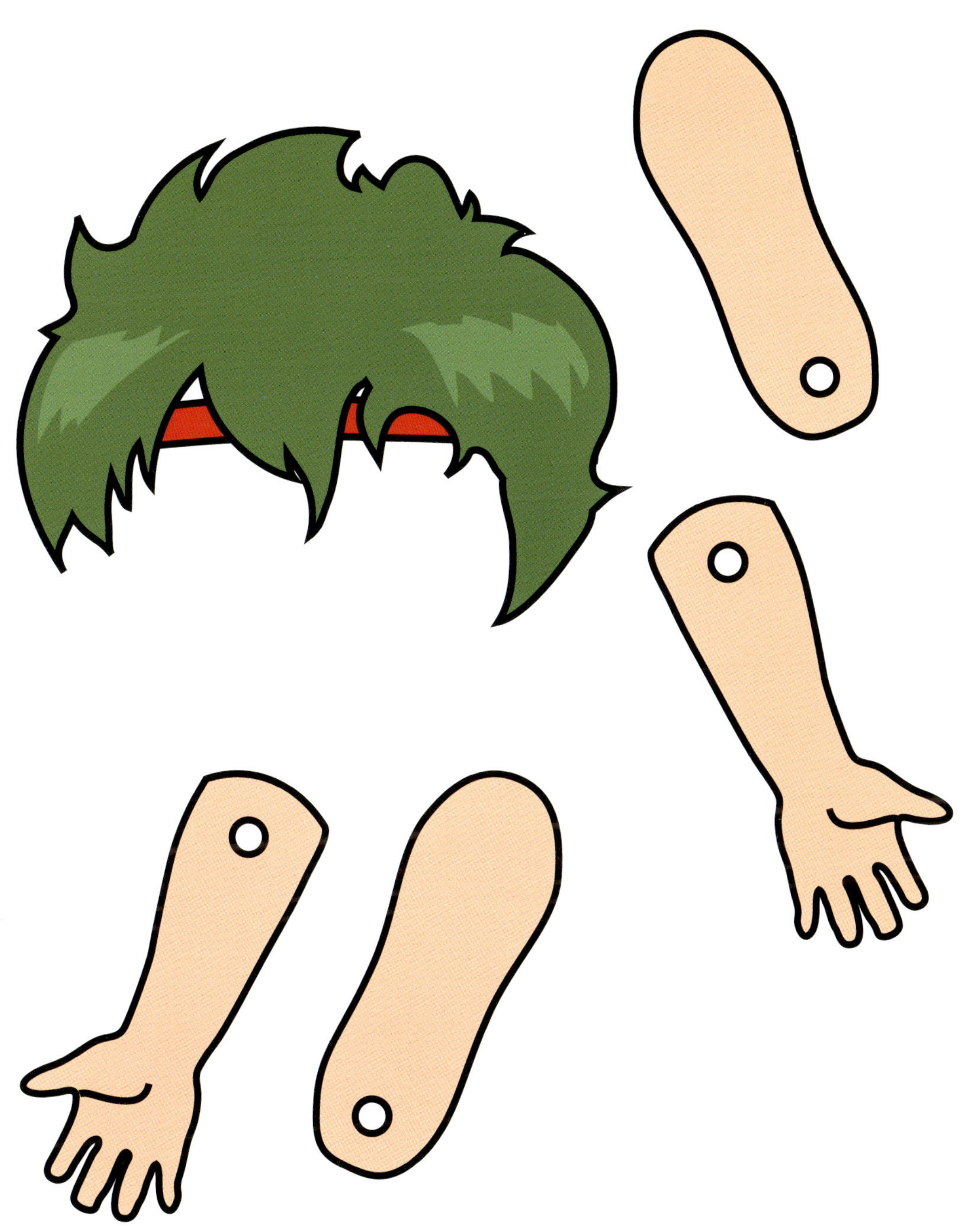

[요셉] 머리, 팔

[요셉] 채색 옷

캐릭터의 검정색 바깥 선을 따라 오려서 사용하세요!

[요셉] 가정 총무 옷

캐릭터의 검정색 바깥 선을 따라 오려서 사용하세요!

[요셉] 총리 옷

캐릭터의 검정색 바깥 선을 따라 오려서 사용하세요!

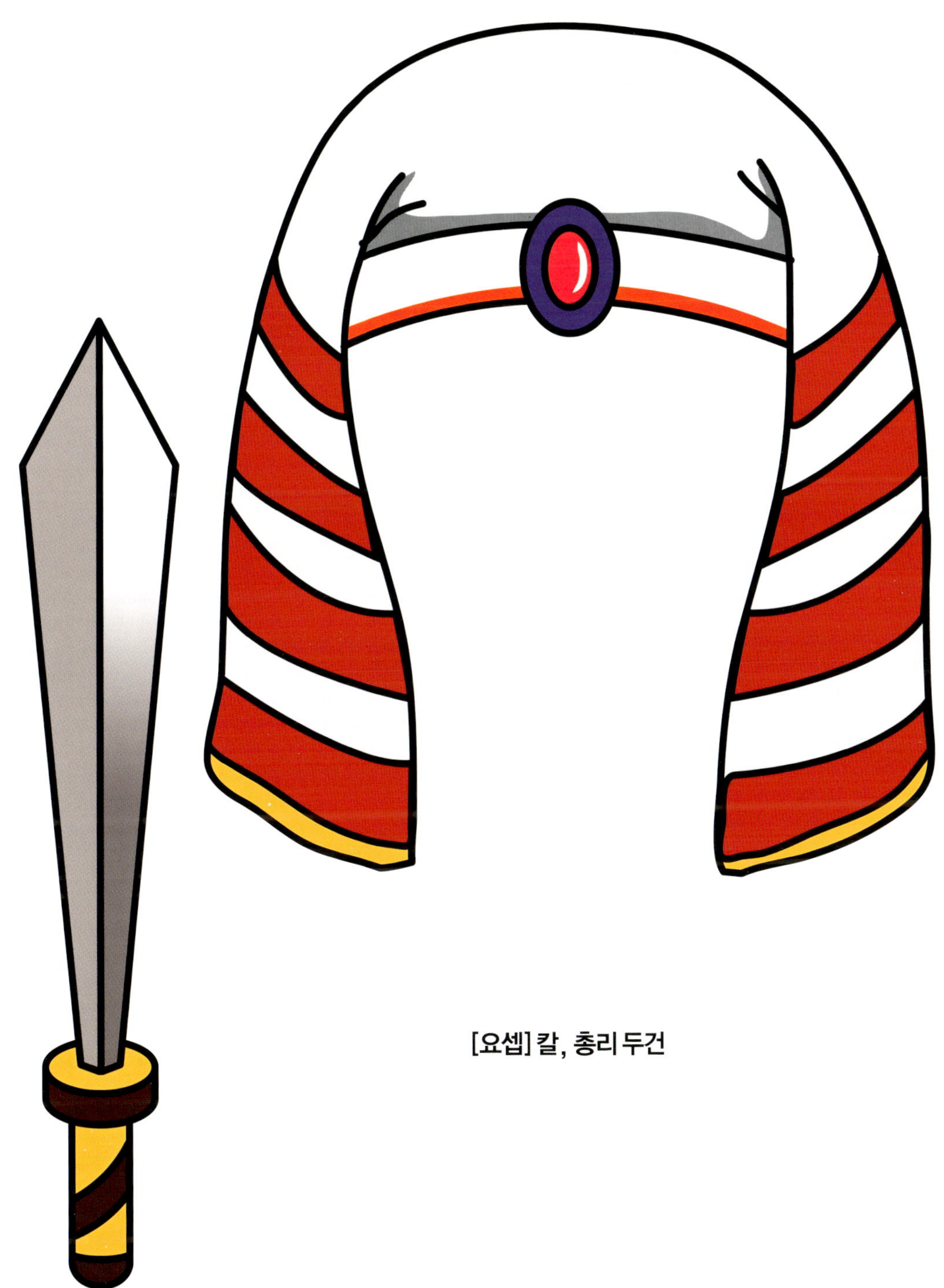

[요셉] 칼, 총리 두건

캐릭터의 검정색 바깥 선을 따라 오려서 사용하세요!

감옥

달

해

별

깡마른 소

살찐 소

볏짚단

나똑똑 박사

이집트 군사

요셉 형

술 맡은 관원

노예상인

숭구리

베냐민

보디발 장군

바로 왕

야곱

윙크